LUMINAIRE

光启

从熊口归来

Croire aux fauves

［法］娜斯塔西娅·马丁
Nastassja Martin 著

袁筱一 译

上海人民出版社

光启书局

LUMINAIRE BOOKS

编者序

　　这套丛书所收录的作品涉及非常广泛的内容：从近代西方的机械主义传统到欧洲的猎巫史，从植物的性别研究到资本主义原始积累，从少数群体的暴力反抗史到西伯利亚地区的泛灵论，从家务劳动到陪伴我们的物种……这些议题之间，有什么共同之处？它们在什么意义上能构成一个整体？

　　事实上，对于大部分的单册，我们都可以提出"统一性"或"整体性"的问题。尽管它们都是"学者"之作，但习惯于"学术分类"的读者，第一感觉很可能是不着四六。隆达·施宾格（Londa Schiebinger）的《自然的身体》涉及17—18世纪欧洲的分类学研究与厌女思想之间的关系；在唐娜·哈拉维（Donna Haraway）的《伴侣物种宣言》中，我们会看到"狗与人类的共生史"与"全球战争"这样的问题被同时提出；在娜斯塔西娅·马丁（Nastassja Martin）的《从熊口归来》中，作者被熊袭击的自述与她的田野日志交织在一起……不仅每一部作品都涉及通常在"学科"内部不会去混搭的问题，而且学科归类本身对于绝大部分的作品来说都是无效的。在西尔维娅·费代里奇（Silvia Federici）的作品中，我们可以看到作者在严谨的哲学分析、耐心的史学调查，以及尖锐的政治经济批判之间切换自如；埃尔莎·多兰（Elsa Dorlin）对于暴力史的重构，同时是对于经典与当代政治学的解构；而在阅读凡希雅娜·德普莱（Vinciane Despret）对于动物行为学的方法论分析的过程中，读者所获得的最大乐趣很可能在于与意识形态批判和伦理学探讨的不期而遇。

看起来，唯一可以为这些作品贴上的标签，似乎只能是不按常理出牌的"先锋"或"激进"思想。或者，我们借此丛书想要进行的尝试，是令"学术大众化"，令之更"吸睛"？——是也不是。

让我们回到对学术作品有所涉猎的读者可能会有的那种"不着四六"的最初印象。这种不适感本身，是我们所处世界的一种典型症候。这是一个价值极度单一的世界。效率与效益是它衡量一切的尺度。人与物、人与事都以前所未有的方式被标准化，以特定的方式被安插到一个越来越精密、越来越无所不包的网络中。文化产品像所有的产品一样，思想生产者像所有的生产者一样，被期待以边界清晰的方式贴有标签。

关于这样的世界，学者们诟病已久。无论是"生命政治""全球资本主义"，还是"人类纪"这些术语，都从不同的角度将矛头指向一套对包括并首先包括人在内的一切进行工具化、标准化与量化，以求获得最大效益的逻辑。这些"现代性批判""意识形态批判"或者说"批判理论"纷纷指出，这种对于"不可测""不可计量""不可分门别类"，因而"不可控""不可开发/压榨"（exploit）的东西的敌意与零容忍，是在行挂羊头卖狗肉之事：以"发展""进步""文明"之名，实际上恶化着我们的生活。

尤其是其中的一种观点认为，这样的"现代社会"并没有也不可能履行现代性的承诺——更"自由"、更"平等"、更有"尊严"，反而在它的成员之间不断加剧着包括经济上的剥夺—剥削与政治上的统治—服从在内的不公正关系。"学院"里的人将此称作"正义理论"。当卢梭的《论人与人之间不平等的起因和基础》以如下论断作为全篇的结论——

当一小撮人对于奢侈品贪得无厌，大部分人却无法满足最基本的需要时，他一定不曾预见到，这番对于当时处于革命与民族国家诞生前夕的欧洲社会现状的控诉，居然在现代化进程声称要将它变成历史并为之努力了近 300 年之后，仍然如此贴切地描绘着现代人的境遇。

如果说这应该是今天"正义理论"的起点，那么包括本丛书编者在内的，在学院中从事着"正义理论"研究的学者，都多多少少会受困于一种两难：一方面，像所有的领域一样，"学术"或者说"思想"也是可以并正在以空前的方式被标准化、专门化、量化、产业化。我们的网，由各种"经典"与"前沿"、"范式"与"路径"、"史"与"方法"所编织，被"理性""科学"这样的滤网净化，那种为了更高的效率而对于一切进行监控与评估的逻辑，并不因为我们自诩接过了柏拉图或孔夫子的衣钵，自以为在追问什么是"好的／正当的生活"这一古老的问题，而对我们网开一面。这个逻辑规定着什么样的言论是"严肃"的、"严谨"的、"专业"的，也即配得上"思想"之美名的。而另一方面，"正义理论"中最常见的那种哲学王或者说圣贤视角，在企图拿着事先被定义好的、往往内涵单一的"公正"或"正确"去规定与规划一个理想的社会时，在追求"正统""绝对"与"普世"的路上，恰恰与上述"零容忍"的逻辑殊途同归。所幸的是，哲学王与圣贤们的规划大多像尼采笔下那个宣布"上帝死了"的疯子一样没有人理睬，否则，践行其理论，规定什么样的"主体"有资格参与对于公正原则的制定，什么样的少数/弱势群体应该获得何种程度的补偿或保护，什么样的需求是"基本"的，等等，其结果很可能只是用另一种反正义来回应现有的不正义。

对于困在"专业"或"正统"中的我们而言，读到本丛书中的每一部作品，都可以说是久旱逢甘露。"现代性"的不公正结果是它们共同关心的问题，但它们皆已走出上述两条死路。它们看起来的"没有章法"并非任意为之的结果，而恰恰相反，是出于一种立场上的高度自觉：对于居高临下的圣贤视角，以及对于分门别类说专业话的双重警惕。

本丛书名中的"差异"，指的是这一立场。在"法国理论"与"后现代主义"中成为关键词的"差异"，并不简单地指向与"同一"相对立的"另类"或"他者"，而是对于"同一""边界"乃至于"对立"本身的解构，也即对于任何计量、赋值、固化与控制的解构。"差异"也是本丛书拒绝

"多元"或"跨学科"这一类标签的方式——它们仍然预设着单一领域或独立学科的先在,而我们的作者们所抵制的,正是它们虚假的独立性。

作为解构的差异,代表着西方正义理论半个世纪以来发生的重大变化:它不再将统一的"规划"视作思考正义的最佳方式。"解构"工作中最重要的一项,可能也是我们所收录作品的最大的共同点,在于揭示上文所提到的那种受困感的原因。为何包括学者或者说思想家在内的现代人,越是追求"自由""平等"这样的价值,就似乎越是走向"统治"与"阶序"这样的反面?这一悖论被收录于本丛书的埃尔莎·多兰的《自卫》表述为:我们越是想要自卫,就越是失去自卫的能力与资格。(当然,正在阅读这些文字的读者以及我们这些做书之人,很有可能因为实际上以这样或那样的方式处于优势并占据主导,而应该反过来问:为什么我们越是不想要施加伤害、造成不幸,就越是会施加伤害、造成不幸?)

借用奥黛丽·洛德(Audre Lorde)的话来说,这一悖论的实质在于我们企图"用主人的工具掀翻主人的房子",到头来很可能又是在为主人的房子添砖加瓦。差异性解构的最重要工作，是对于这些工具本身的解剖。它们不仅仅包括比较显而易见的价值观或意识形态，而且尤其包括作为其基质的一系列认识方式。彼此同构，因而能够相互正名的认知模式，价值认同模式与行动模式一起构成了布迪厄所称的"惯习"（habitus），它同时被社会现实所塑造又生成着社会现实。因此，对于这三种模式，尤其是看似与社会关系无关的认知模式的考量，才能最彻底地还原出主人工具的使用说明书。

就此而言，我们所收录的作品确实可以被称作"激进"的。但这种激进不在于喊一些企图一呼百应的口号，而在于重新揭示出现代"学术"与"思想"所分割开的不同领域（科学与伦理、历史叙事与政治建构）之间的"勾搭"：现代科学所建立的一整套"世界观"直接为现有的社会秩序（包括不同地域、性别、阶层的人之间，乃至于人与非人、人与环境之间的规范性关系）提供正当性保证。这是因为"科学研究"总是以一定的范式，也即福柯所谓的"知识型"展开，而这又使得科学家的科学研究实际上常常是"正常"／"正当"的社会关系在"自然"对象上的投射过程。将"中立"的科学与总是有立场的政治分开就是主人工具中最主要的一个，而重现发掘它们的默契，是我们的作者最主要的"反工具"。以唐娜·哈拉维为代表的越来越多的学者通过对于科学史的考量指出，被预设的人类特征成为"探索"不同物种的尺度（动物是否有意识，动物群体是不是雄性主导，等等），而这样的"研究成果"又反过来证明人类具有哪些"先天本性"。这样的循环论证无非有的放矢地讲故事，这些故事的"道理"（the moral of the history）无不在于现有的秩序是合理的——既然它有着生物学和演化论的依据。本丛书所收录的隆达·施宾格与凡希雅娜·德普莱的作品是这种"反工具"的代表作，读者能由此透过"科学"自然观与物种史的表象，窥见植物学与动物行为学研究是如何成为现代意识形态与权力关系的投幕的。当科学家们讲述植物的"受精"、物种的"竞争"时，他们是在以隐喻的方式复述着我们关于两性关系乃至人性本身的信仰。这种相互印证成为同一种秩序不断自我巩固的过程。机械的自然、自私的基因、适者生存的规律，都成为这一秩序的奠基神话。

通过丰富的例证，我们的作者提醒我们，在现代化进程中扮演着"启蒙"角色的"中立"与"客观"的"认识"，及其所达到的"普世真理"，其实质很可能并不是"认识"，而是故事或者说叙事模式，它们与现代人所想要建立的秩序同构，令这种秩序看上去不仅正当，而且势在必行。回到本文的开头，机械主义自然观、两性分工、实验室中的动物行为学、资本主义"原始"积累……这些议题之间有什么内在联系？其内在联系在于，它们都是一部被奉为无二真相的"正史"的构成要素。再回到全观视角之下的"正义理论"，它为什么很可能是反正义的？因为它恰恰建立在这种被粉饰为真理的统一叙事之上——对于人类史的叙述，乃至对于自然史的叙述。其排他性与规范性所带来的后果是与正义背道而驰的各种中心主义（"男性"中心主义、"西方"中心主义、"人类"中心主义……）。

既然如此，那么当务之急，或者说最有力的"差异化"/"反工具"工作，是"去中心主义"，也即讲述多样的，不落入任何单一规律的，不见得有始有终，有着"happy end"的故事。费代里奇曾转述一位拉丁美洲解放运动中的女性的话："你们的进步史，在我们看来是剥削史。"凡希雅娜·德普莱不仅揭示出以演化心理学为代表的生物还原论的自欺欺人之处，而且通过将传统叙事中的"竞争""淘汰"与"统治"预设替换为"共生"预设，给出了关于动物行为的全然不同，但具有同等说服力的叙述模式。

在尝试不同叙事的同时，我们的作者都在探索其他共处模式的可能性，本丛书名中的"共生"，指的是他们所作出的这第二种重要的努力，它也代表着正义理论近几十年来的另一个重要转向。"共生"亦代表着一种立场：寻找"社会"之外的其他交往与相处模式。近代契约论以来的"社会"建立在个体边界清晰，责任义务分明，一切都明码标价，能够被商议、交换与消耗的逻辑之上，也就是本文开头所称的，对于任何差异都"零容忍"的逻辑之上。这是现代人构想任何"关系"的模板。然而，"零容忍"很显然地更适用于分类与排序、控制与开发，而并不利于我们将彼此视作生命体来尊重、关怀、滋养与照料。

如果说，如大卫·格雷伯所言，资本主义最大的胜利在于大家关于共同生活模式的想象力匮乏，那么对于不同的共生模式的发现与叙述是本丛书的另一种"激进"方式。娜斯塔西娅·马丁笔下的原住民不再是人类学家研究与定性的"对象"，而是在她经历了创伤性事件之后渴望回归时，能帮助她抵抗现代社会所带来的二次伤害的家。"身份"在这里变成虚假而无用的窠臼。凡希雅娜·德普莱将"intéressant"

（有意思的，令人感兴趣的）这一如此常用的词语变成她分析问题的一个关键抓手。当她将传统的"真""假"问题转换成"有意思""没意思"的问题，当她问"什么样的实验是动物自己会觉得有意思的？""什么样的问题是动物会乐意回答的？""什么是对于每个生命体来说有意义的？"时，人与人、人与非人、来自不同物种的个体之间，总而言之，不同的生命体之间，豁然呈现出崭新的互动与应答方式。这一次，是"本质"这个对于科学如此重要的概念变成了认识的障碍。费代里奇近年来提出的"politics of the commons"则不仅仅是在强调无剥削无迫害的政治，更是在将快乐—令人快乐（joyful）这种不可量化也没有边界的情感，变成新的共生模式的要素。因为共生，首先意味着共情。

因此，我们的作者在激进的同时是具有亲和力与感染力的。读者一定会对于这些看似"学术"的作品的可读性表示惊喜。凡希雅娜·德普莱的文字是俏皮而略带嘲讽的，费代里奇的文字是犀利但又充满温度的，没有人会不为娜斯塔西娅·马丁不带滤镜的第一人称所动，这样的作品令绝大多数学术作品黯然失色。然而"可读性"并不是编者刻意为之的择书标准，毋宁说，它就是我们的作者的"共生"立场。从古代走来的"正义理论"最重要的转型正在于：有越来越多的"理论家"不再相信理论与实践之间的界限，更不再相信建立正义是一个教与学的过程。思想、写作、叙事对于他们而言都已经是行动，而分享故事，是共同行动的开端。这也是为什么他们并不吝啬于让读者看到自己的困惑与试探。思想是有生命的，在他们的笔下，这种生命不被任何追求定论的刻板要求，不被任何"我有一套高明的想法，你们听着"的布道使命感所遏制。对于他们而言，思想展开的过程，与它的内容一样应该被看到。这样的思想可能是不"工整"的，可能不是最雄辩的，可能不是最便于被"拿来"的，但一定是最能够撼动读者，令读者的思想也开始蠢蠢欲动、开始孕育新生的。面对这样的作品，阅读如此轻易地就能从"文化消费"中解脱出来，而变成回应、探讨、共同推进一些设想的过程。公正的思想不仅仅是思考"公正"的思想，而是将公正的问题，将"好的生活"的问题交到所有人手中的思想。

没有什么思想是无中生有的。"非原创"才是思想的实质。本丛书所收录的作品，也都"站在巨人的肩膀上"。作为解构的"差异化"工作始于20世纪六七十年代，揭示科学与政治貌离神合的关系的，中文读者已能如数家珍地举出福柯、拉图尔等"名家"。在我们的作者中，也有着明显的亲缘关系，例如从哈拉维到凡希雅娜·德普莱。而"共生"作为对于有别于"社会"的共同体模式的构想，也有其历史。女性主义中 sisterhood 的提法，以及格雷伯从经济人类学的角度所提出的"baseline communism"，都是关于它的代表性表述。可惜的是，巨人之上已经蔚为大观的这些"新正义理论"，在汉语世界中仍然无法进入大家的视野，仍然被排挤于各种"主流"或"正统"的思想启蒙之外。这些作品中有一些是一鸣惊人的，另一些早已广为流传并不断被译介。本丛书的三位编者，尹洁、张寅以及我自己，每接触一本，就感慨于如果在求学、研习与教学的路上早一点读到它，可以少走很多企图"用主人的工具掀翻主人的房子"的弯路。在引介思想的过程中摘掉一些有色眼镜，少走一些弯路，将对于共生的想象力种植到读者心中，这是创立本丛书的最大初衷。

谢　晶

2023 年 5 月于上海

目 录

献给所有变形的生命，

此处和彼处的。

因为在某一个时刻，我也曾是一个小伙子，

一个姑娘；一棵树，一只鸟儿，

一条迷失在海水里的鱼。

——恩培多克勒，《论自然》残篇，第 117 则

Automne

现在，熊已经走了好几个小时了，而我则在等待迷雾消散。草原上一片红色，我的手也都是红的，脸上满是伤口，肿得简直不像样子。就像是在远古神话时代，混沌未开，而我就是一个模糊的形状，撕裂的伤口下，脸的轮廓消失了，到处都是黏液和血：这是一次新生，因为显然这并不是死亡。在我周围的土地上，是一撮撮熊毛，鲜血干了之后凝结在一起，一看就知道刚才发生过打斗。八个小时前，也许更早，我就在盼望俄罗斯军队的直升机能够穿越迷雾找到我。在熊逃跑的时候，我用背包上的带子把一条伤腿绑了起来，尼古拉找到我之后，帮助我包扎了脸部，他把我们珍藏的烈酒都倒在了我的头上，酒混着血泪从我的面颊上流下来。他将我一个人单独留下以后，一直拿着我的阿尔卡特小手机，站在海岬的高处，试图呼救，他肯定寄希望于时有时无的网络，古老的电话，遥远的天线，但愿这一切都还能奏效，因为我们周围都是火山，火山就在不久前还为我们的自由而欢呼，现在却提醒我们，我们着实是被困在这里了。

　　我冷。我摸索着找寻睡袋，尽量给自己穿上轻暖的衣物。我的思绪一会儿飞向熊，一会儿又回到这里，建立联系，进行分析，层层剖析，做一个幸存者的白日梦。此刻我的脑袋里面应该像是一堆无法控制的突触在疯狂增长，比以往更快地发送、接收信息，节奏是梦的节奏，仿佛如爆炸一般，转瞬即逝，虽然自主却不受控制，然而，再也没有什么比这更真实、更当下了。我能听到的声音在成倍增长，就像野兽一般，我就是野兽。有一瞬间我在想，熊会不会回来终结我，或者由我终结它，或者我们两个最终抱在一起死去。但我已经明白，我能感觉到，这一切不会发生，现在熊已经走远了，它在高山草原上踉跄着，毛皮沁出鲜血。随着它的远离，我重新回到自己，我们都在重新审视自己。它没有了我，我也没有了它，我们都活了下来，尽管我们都失去了些什么，留在了对方的身体里；我们都带着对方留下的这一点什么活了下来。

在它来之前，我就已经听见了它的声音。刚才找到我的尼古拉和拉娜是听不见的。来了，我说。没有，什么都没有，他们说，只有我们，还有升上去降下来的迷雾。但是几分钟之后，一只橙红色的，苏联时代的金属巨怪便出现了，将我们带出了险境。

在克利乌奇（Klioutchy），现在是夜晚，夜晚的真实底色。克利乌奇，"要害村"。[①]俄罗斯军队在堪察加半岛地区的秘密基地和训练中心。按说我不应该了解，每个星期，他们都从莫斯科把导弹运送到这里，测试导弹的发射范围，看看在战争爆发的时候，是不是能够把导弹发射到海峡对岸的美国去；按说我也不应该了解，这个角落里的所有当地人，埃文人、科里亚克人、伊捷尔缅人，尽管他们已经没有剩下多少了，却在这里应征入伍，因为没有了驯鹿和森林，因为荒诞成了规则，他们开始为压迫他们的人而战斗。只是我了解，从一开始我就了解，我之所以了解，是因为了解这些是我的职业。几个月来，我和埃文人在森林里共同生活，他们对我讲起晚上在宿舍楼边爆炸的导弹。对于我提出的问题，他们但笑不语，他们审视着我，经常把我当成间谍，有时友善，有时也不无恶意，有时则充满了戏谑，在他们的想

---

① Klioutchy，俄语为 Ключи，意为"钥匙"，而法语里，钥匙也有关键、要害的意思。——译者注（本书注释除特别标注外，均为译者注）

象中，我扮演各种角色，但是他们总是知无不言。村里的情况，酒精，打斗，渐渐远离的森林，还有随着森林渐渐被遗忘的母语，失业，救世主般的祖国；他们有了祖国，作为交换，他们交出了克利乌奇营地。

命运的讽刺。诊所就在这座"要害村"里，我们之前就是在那里降落的，在铁丝网和铁栅栏后面，在哨所后面，落入狼口。我当时还一直暗笑，尽管这是个禁地，我却对于这个秘密地方有所了解，没想到这会儿我当真进入了这里的士兵伤员护理中心，因为这里发生的事情近乎战争，所以总是会有人受伤的。

给我包扎伤口的是个老妇人。我看她拿着针线，非常小心。我度过了疼痛的阶段，什么也感觉不到，但是我一直很清醒，没有失去一点儿意识，甚至清醒得超乎寻常，我的意识仿佛已经摆脱了身体的束缚，虽然仍然居于其中。*Vsio boudet khorocho*，意思是一切都会好起来的。她的声音，她的手，就这些。我看着自己金棕色的长发一簇簇地落在脚边，是她为了缝合我脑袋上的伤口而剪掉的，脑袋没有裂

秋

开还真是个奇迹，我努力想要分辨出一点光影，但是几乎没有，一片漆黑的夜晚，令人痛苦的、无边的黑暗，根本不可能走出去。就这样我看到了他。一个肥胖的、浑身是汗的男人，他才走进房间，冲我挥舞着手机，他给我拍了照，想要把这个瞬间变为永恒。恐怖是有面孔的，不是我的面孔，而是他的。我非常愤怒。我想要扑向他，剖开他的肚子，抓住他的肠子，把他的倒霉手机死死地塞进他的手里，强迫他为自己正在流失的生命来张最美丽的自拍，但是我不能。我只能小声咕哝着让他停下来，只能笨拙地藏起我的脸，我精疲力竭，浑身是伤。老妇人明白了我的意思，把他推了出去，关上门。她说，这些人，您知道他们是什么样的。

这个夜晚剩下来的时间，我就是这么和她一起度过的，缝伤口，清洗，切开，再缝上，我失去了时间的概念，时间流逝，我们两在散发着酒精气味的黑暗海洋上飘荡，随着波浪上上下下。第二天中午时分有人来找我，直升机已经来了，要把我转运到彼得罗巴甫洛夫斯克去。[①] 一个俄罗斯

① Petropavlovsk（俄语：Петропа́вловск-Камча́тский），俄罗斯堪察加边疆区首府，堪察加半岛最大城市。

消防员从飞机上走下来，个子很高，笑盈盈的，穿着红色制服，让人放心。他建议用轮椅，我拒绝了，站起身来，靠在他肩膀上走下楼梯，灰白色，灰白色，跨过门去，来到了水泥地上。那里，想要看热闹的人蜂拥而至，聚集在那里，手里拿着手机，我腾出手来遮住脸，躲避着闪光灯，在救生员的搀扶下，我再次钻进了直升机里。

旅途中，我一直处在半清醒状态，我记得浑身发冷，因为喉咙口有血，感觉呼吸困难。到了之后，医生让我仰卧在担架上。我告诉他们，我做不到，因为仰面躺着就没办法呼吸，但是他们很固执，来了好几个人按着我，简直整个医疗队都来了，让我透不过气来。都是叫声、吼声，接着我动不了的胳膊上挨了一针，突然间一切便停了下来，光线在舞蹈，自和熊遭遇以来我第一次失去了意识，什么都没有了，一切都不存在，就只有空茫，空白，也没有梦。

等我醒来，我完全赤裸，独自一人，被绑在床上。手腕和脚踝都被固定住了。我打量着周围环境。我躺在一间宽敞的白色房间里，墙上的石灰已经剥落，和我的床并排还放着许多床，都空着，可能是苏联时代的那种老诊所，远处似乎有声音。我的鼻子、喉咙里都有插管；我费了一点时间才明白过来，我的呼吸方式为什么如此怪异，那都是因为脖子上缠着的这根绿白相间的塑料玩意儿：我的气管被切开了。我在谵妄之中，随时在等日瓦戈医生①的到来，气氛都已经烘托到了。但是来的是一个金发女护士，笑盈盈的。娜丝金卡，你会好起来的，她说。接着，一个人高马大的男人出现了，靴子踩在方砖上发出响声，金链子，金牙，金表。看得出来，他是主治医生，是他在掌控眼下和将来的操作，把我绑在床上，以及其他的一切。我立刻告诉自己，应该讨好他。

　　他还是比较热情的，带着那种医院国王特有的苦笑。他恭维我说：没有人知道你是怎么活下来的，但你现在真的还活着，你真棒。*Molodiets*。②你是个很厉害的女人，他又补

---

① 苏联作家帕斯捷尔纳克长篇小说《日瓦戈医生》中的主人公。
② 俄语 Молодец 的拉丁拼音，意为"你真棒"。

充说。我回答他说，能不能让人给我松绑。那不行，不可能，你必须这样待着，这是为了保护你。好吧。接下来的两天简直是受难。插在我喉咙里的管子让我疼得要命，开始时那个笑盈盈的护士也不见了，取而代之的是另一个，非常年轻，太年轻了，不适合看护我。护士长只是大致指导了一下，总有个学习过程……这个见习生成了我最大的噩梦。而我只纠缠于一件事情，我只想着它：那就是如何能挣脱束缚。等看护一走，我就尝试各种给自己松绑的新方法。有两次我已经挣脱了，我拿掉了插进胃里的管子，那个管子是用来输送一种棕褐色的、发黑的糊糊的，就是这个颜色，我还记得清清楚楚。得喂呀，在傍晚时分我听到走廊里在喊。你喂了吗？护士长问见习生。"喂"，就是这个词，*Kormit*。我仿佛又见到了玛纳赫（Manach'）的老朋友伊洛，他站在蒙古包的那头唤他的侄子尼基塔：狗喂过了吗？去喂狗！*Idi kormit!* 从那之后，我一听到这个词，肚子就禁不住地抽抽。我还能想起那个稚气刚脱的年轻姑娘，她黑色的、邪恶的双眼，恶狠狠地看着我；我仿佛又看见她猛地一下把营养液注射进管子里，她要惩罚我，她在报复，报复所有没服从她命令的人，所有反抗她的人，她要显示给我看，这一次她才是拥有权力的人。

营养液到达我的胃里，让我痛得喊出声来。眼泪流过我的面颊，我从来没有这么无助过，我听凭这些男人、女人，甚至还有这些淘气的小姑娘的摆弄，赤身裸体，被绑在床上，被人填塞食物，我在人与非人的边界上，在我几乎无法忍受的边缘。护士长听到我的叫声，走进了房间，走近我，斥退了小姑娘，小姑娘瞥了我一眼，简直要杀了我似的。我在想，她们这是要让我这个在熊口幸存下来的女人付出代价。你疼吗？她问道。是的！我尽我所能地表示确认，希望她能帮我做些什么，什么都行，哪怕是能够缓解我疼痛的一点毒品。那就忍着点，*potierpi*，她说，然后转过身又去忙自己的事了。*potierpi* 从此也成了一个我听不得的词。

自这个关于营养液的插曲发生之后，我决定放下武器；只有缴械投降，因为我没得选择。我尽量听话，乖得像是一张画像，不抗议，不要求，也不再期待，承受痛苦、插管和别的一切，直到一切都过去，或者更确切地说，直到发生一点什么。要不是房间里的音乐声——而且这劣质的交响曲每隔三秒就会出现卡顿——我可能更加能够集中精力让自己安静下来。我一面在想这重复播放的交响乐究竟是什么，我记起有一项很早以前，但很严肃的科学研究表明，循环播放安魂曲可以帮助病人不要忘记如何呼吸：喝乌呼——克朗！喝乌呼——克朗！然后我们就会呼吸了。的确，我领略到了俄罗斯医疗体系的核心。也许是仍然执着于古老方法的伟大东方的特点？我怀疑在莫斯科的医院里，病人也和我听着同样的乐曲，可同时他们无法想象这间如同牢房一般的诊所。我在想，即使我能够出去，即使我能恢复，我对别人讲起这一切的时候，他们也不会相信。我对自己说：等好一点我要把它写下来。

幸好我度过的夜晚要有趣得多，当然也很有点超现实的味道。先是伊娜，然后是阿妮亚，再接下去是尤利娅。每天晚上都是一样的程式。看护我的护士坐在一张小课桌前，在房间的那一头。护士小小的身影在黑暗中，而光源集中在她的针线活上，她在制作包扎用的纱布。她先是裁剪，然后叠起来，接着再裁，再叠。这里什么现成的都没有，都是女人亲手做的。每天夜里，几乎是同样的时刻，从另一间房间就会传来看护的名字，是一个男人的声音在喊。阿妮亚！她懒洋洋地站起身，朝我的床瞥上一眼，然后从另一侧走过去。我不需要竖起耳朵太久就明白了发生的一切。耳边传来几乎不加抑制的呻吟声，男子的低吼声，是主治医生激起了看护们的热情。每天夜里几乎都是同样的场面，只是名字不同罢了：尤利娅！伊娜！这个就解释了另一件事情。第一次我看到主治医生在大白天亲了一个护士（尽管在这个抢救站里，表面上看，只有我是目击证人），我还天真地想，护士应该是他的伴侣，医生和护士，为什么不呢。后来又看到每个护士都会程式般地和主治大夫亲嘴，我接着又想也许这是当地的风俗：属于一个大家庭的埃文人就是那么打招呼的。但是随着每个夜晚重复而至的男子低吼声，我的胡思乱想开始动摇了。应该是另一种我不太了解的风俗。多么生机勃勃啊！正是伴随着对性事的思考，我重新恢复了人类生活，让我不再在阴阳世界的交界处徘徊，不过，每天晚上一边听别人做爱一边恢复对自己的掌控，这是多么奇怪的事情。我的痛苦开始慢慢减轻。

因为对我这些日子以来的顺从感到满意，护士最终给我松了绑。你不会再把管子拔掉了吧？不，我不拔任何东西，我只是想要触摸一下自己的身体，回忆起它的形状。那天我还赢得了另一场胜利：护士同意关掉呼吸交响乐。真是解放。

因为对我的端正行为感到非常满意，其他医生（都是男性）都由主治医生陪着来看我，主治医生一直"火上浇油"地照顾着我这个死里逃生的人。大家七嘴八舌地议论着，我躺在床上，把床单拉到最高的地方遮住胸，他们要么站在床头，要么站在床尾。表面上看起来，我好多了。当然，他们拒绝把我的日常用品还我，尤其是我的手机，在这里是禁用的，他们说。我和他们解释说，我实在太无聊了。你们就不能给我点什么让我消磨一下时间吗，什么都可以，比如一本书？有一个医生思考了一会儿，拿来了一本俄文书，是关于医学、病人、治疗中的身体的笑话的。封面是黑色的，内文字体很大，我忘了书名。很抱歉，在这里我只有这个……他有点尴尬。没关系，好极了，我拿过书说。

他们简直无法相信。娜丝金卡在读书，和熊只身肉搏的五天后，醒来的五天后，她在读书，而且是在读笑话！他们想必把消息传播了出去，因为紧接着一群群人开始进入房间。他们看到我在看书，问我书是不是很好玩，我总是回答他们，非常好玩。他们过来对我说你好，向我表示祝贺。第二天傍晚时分，主治医生来了，他用小推车推了一台电视机。瞧，这样你就能看到更有趣的事情了！

护士把电视机放在床尾的地方，随意地打开了一个频道，留下我一个人独自面对着小小的屏幕。我好像身处幻觉之中，盯着一闪而过的画面，但它们并没有给我留下任何印象，这真是不太正常，无法相信自己看到的东西。我在彼得罗巴甫洛夫斯克破败的抢救站里正巧看到的电影讲的就是娜丝金卡的故事（故事里她就叫这个名字），娜丝金卡在森林里寻找她的爱人，没有找到，她喊啊，喊啊，但是她怎么能够知道，她找寻的人中了魔咒，已经变成了熊，于是当她遇到爱人的时候，她没有认出他来。爱人因为她看不见他，不能看见他内在的实质而郁郁死去。

面对着这个带有我姓氏标记的"小红帽"，我陷入了一种恐惧的状态，她被自己的熊爱人追赶，熊爱人口不能言；而她也在追逐这只熊，而且不知道，不知道她爱的人已经彻底换了样貌。他们被判生活在两个不同的世界，不再能够彼此理解。他们的灵魂，或者说内在的世界从此后都被封闭在"另一种"形态中，不再能够回应存在的表达。我想到了我的故事。想到了我的埃文语名字，*matukha*，玛杜卡。[①]我想到了熊在我脸上留下的吻，想到它在我脸上咬合的牙齿，想到我撕裂的下颌，还有我嘎吱作响的颅骨，想到它口腔里的一片漆黑，潮乎乎的热气和它沉重的喘息，想到它牙齿的控制力，但是后来它松开了口，我的熊突然间，不可解释地转换了想法，它的牙齿不再是我死亡的工具，它不再想要吞了我。

一滴泪流在我的面颊上，我用泪水冲刷过的双眼继续盯着屏幕，此时屏幕上反映的就是我自己的经历。我仿佛在看一面镜子。再也没有荒诞、怪异，也不是偶然的巧合。有的只是一致。

就在这个时候，护士来了，朝我床上看了一眼，看见我眼神空洞，眼里满是泪水，就又看了一眼屏幕。她抿着嘴，有点尴尬。真不巧，她说。沉默。关了吧？于是电视关了。

[①] 在埃文语中，matukha 是一个女性的名字，意为"母熊"，"kh"的发音就像西班牙语里"霍塔舞"的"霍塔"。——原注

因为熊走的时候，把我的一小块下颚放在自己嘴里带走了，而且它还打碎了我的右颧骨，所以必须立刻进行第二次手术。我到的时候，他们在骨头上安装了一块金属板，用以支撑右边的下颌骨。为什么在这之前没有做这个手术，这是个谜，但是主治医生向我保证说，手术后我就可以离开抢救站，正常呼吸，我甚至可以"自己吃饭"，他说，唇边挂着微笑。

　　好几天前我就要求归还我的生活用品，尤其是我的手机，这样我就可以给家里打电话，一直毫无结果。但是这一天，主治医生的助手像一阵风似的突然进了房间，走向我的床边。你认识一个叫查尔斯的人吗？希望陡然间升起，我开始语无伦次，试图向他做些解释。查尔斯是我研究团队的伙伴，我的朋友，社会人类学实验室的同事。第一次我就是和查尔斯一起来的堪察加半岛，我们这会儿说话的时候，查尔斯应该正在担心我，非常担心我。告诉他我很好，说我没死，告诉他……助手打断了我，下次他再打来的时候，我们会和他说的。

第二天助手又来了，态度冷漠。我们和查尔斯说过了，他说你的母亲和兄弟正在来的路上。快乐的泪水在我肿胀的、缝得左一道右一道的脸上纵情流淌，我的脸应该像傍晚红彤彤的太阳一般光芒万丈，我是多么期待他们的到来啊，在内心深处，我越过千山万水，默默地呼唤了他们那么久。我可怜的妈妈。这十五年来，她总是在为女儿担惊受怕，女儿总是出发去鬼才知道的什么地方，去阿拉斯加，去堪察加，上山，钻入森林或潜入海底，经常身陷危险的、不确定的环境之中；我瘦弱的妈妈，她的担心也许没有错。躺在这间破破烂烂的房间里的床上，我设身处地地站在她的位置，发现情况更糟了，几乎无法承受，我不能再继续深入一个母亲的内心深处，否则我简直没有办法活下去。我还清楚地记得今年我再次出发田野考察的时候，她对我说的一句话，她说这句话的时候脸上没有一丝笑容，只有母亲的威严，她知道女儿心已经完全散了，正向往着另一个世界，女儿对这个世界一无所知，但是能够预感到这个世界的力量、影响，令人迷醉；对于这句话，当然女儿会回应说，"我是一个人类

秋

学家",她一直不停地重复,我并没有受到蛊惑,我也不会迷失在自己的田野工作中,我还会是我,还有所有那些我们说服自己相信的东西都在,否则我们永远都不会出发。我的母亲,在好几个月前就说过,如果这次你不回来,我就去找你。知道她现在可能正在法国、西伯利亚和堪察加之间的某个地方,我的内心充满了欢乐,同时又满是忧伤。我想到了和妈妈一起来的尼尔斯,我的哥哥,此时看上去是在保护她,我的哥哥尽管身形高大,却比我要脆弱,他是我的泥足巨人,①一个充满激情,十分敏感却尚不自知的巨人,我想,幸亏有妈妈陪着他。我们仨中,妈妈一定会是最强的那一个。妈妈经历过别的战争,即便没有人能够确认究竟是怎样的战争,至少妈妈是活着走出战争的,而没有在战争中死去。

这是我在抢救站的最后一个夜晚,始料未及的叫声让我的这个夜晚充满了活力。他们在街上捡回了个醉鬼,醉到我们无法想象的地步。也许是他自己找上门来,谁知道呢。不

---

① 出自《圣经·旧约》,通常用来指外表强悍,实则脆弱的人。

管怎样，他就住在隔壁。我听见了他的声音，我竖起耳朵在听，是一连串令人难以置信的连祷文似的叫声，直到黎明时分才消停。对于值班护士来说，这个晚上没有主治医生油腻的双手，取而代之的是更多的辱骂：走廊里的吼声，大家在互骂。然后门"砰"的一声，隔壁的醉鬼被关在了房间里；这时他开始唱歌。一首很长的，忧伤的歌，讲述的是以前的事情，集体农庄，红军，奶牛，牛奶，驯鹿，书和电影，皮毛和柜台，还有伏特加。我很想看看他的脸，看看这份让他声音发颤、时不时陷入抽泣的痛苦。他哭的究竟是哪一个世界？他究竟多大年龄，会为这一去不再复返的时代哭泣？我想象着他的样子，几个小时前，手里拎着酒瓶，在城市一条破破烂烂的小路上，在泥泞的车辙间，在不到五年前才冒出的超市惨淡的灯光下，步履踉跄，超市周围是苏联时代的、墙面到处都是裂缝的楼房，见证了一个变化太强烈太快的世界，这个世界在还没有来得及成熟称霸的时候就已经开始瓦解了。

　　我听着我的隔壁邻居发狂，我好像被送到了特瓦杨（Tvaïan），在那间蒙古包里。黎明时分我又见到了老瓦西亚，他坐在一张驯鹿皮上，半闭着眼睛，也许他正处在半梦半醒之间，尚未完全醒来，梦仍然占据着我们的身体。*Kolkhoz director, Krasnaïa armïa, sovkhoz director*。集体农庄领导，红军，国营农场领导。他一边在透过屋顶照射进来的黎明的光线下轻轻地摇晃着，一边不停地重复。我还记得蒙古包的半圆顶和火焰的碰撞，如此深沉的撞击，令我震撼，火焰讲述着不可见的事物，只有瓦西亚在晚上能够轻言细语地简单翻译几句。苏联的现代性渗透到了最遥远、最与众不同、最没有做好准备的人群的梦想中。在瓦西亚的记忆深渊中，有一个故事在旋转。是怎样的记忆片段，遇到了怎样的细节，是怎样的事件的碎片？我不知道抢救站的这位邻居究竟是埃文人、伊捷尔缅人、科里亚克人还是俄罗斯人，我不知道他是否和我在特瓦杨的老朋友一样，有着沉重的过去。

　　最后一次手术时间快到了。我的床边围了一群人，气氛很欢乐。他们至少有十个人，医生和护士，有的是有事要做，有的就是来看看的。他们和我说话，很快活的样子，你知道你待会儿就能出院了吗，你知道你能转进普通医院了吗？其中的一个一边准备麻醉一边问我。主治医生敞着衣领走了进来，他的胸口都是毛，所有露在外面的链子都是金的。很快就好了，他一边挽袖子一边说。灿烂的苦笑，眨了下眼。接着，自遭遇熊以后我第二次晕了过去。

等我醒来，有一瞬间我还以为自己还在镇静剂的作用下做梦，场面实在太壮观了。我周围的所有床都被推走了，房间里飘荡着俄罗斯的摇滚乐。除了一个一边跳一边声嘶力竭地唱一边拖地的护士之外，一个人也没有。我笑了。娜斯佳，你醒了！她叫道。好了，你可以出院了，今天你就会出院，快，再清醒一点，很快就会有人来找你了！

后来主治医生回来了。很好，他说，我做了必要的事情，你甚至都能吃饭了。不需要导管了，这是真的。也不需要喉管了，只需在咽喉的破洞处贴一块透明胶布。我真不敢相信，我感到很幸福，比以往任何时候都要幸福。有人在外面等你，他又说道。有人？是谁？我的家人已经来了吗？但是他们不可能到得这么快……不，他接着说道，是一个……他用手画了个圈，指着自己的面部，做了个鬼脸。棕色皮肤的人？我翻译道。黑皮肤的人？是的，是个黑皮肤的人。他在那里，在出口，他想见你。

　　担架员到了，我被推出了单人"牢房"，第一次见到了走廊、家具、其他房间，这些夜晚我一直想象的地方。昨晚的歌者似乎没有留下任何痕迹，真遗憾，我想。路过的时候，我朝昨晚飘出歌声的房间看了一眼，但是房间是空的，床单被子都散着，滚作一团，堆在地上的一张床垫上。大门很快就到了，光线淹没了我的担架，在光线下迎接我的第一张面孔是安德烈的。我很想紧紧抱住他，向他哭诉发生的一切，但是护士已经把我带出了他的视线，带离了我终于见到的充满善意的目光，一个朋友的目光。

　　我到你的房间去等你，我经过的时候他冲我喊道。

　　安德烈应该是觉得自己负有责任，有一点儿。但是如果一切真的是他的错，那事情就太简单了，就像几天以后达利亚说的那样。然而，如果认为他完全与此事无关，替他开脱，或许也是不对的。我想起四年前的那个夏天，我才到米尔科沃不久，在蒙古包里的样子；因为高烧，我躺在铺着动物皮毛的床上，是安德烈和他的草药茶陪着我。这个地方会进入你的内心，之后你就会非常强大，他说。我在床上躺了两个星期，也许是三个星期，就在蒙古包的封闭空间里，我们谈起动物的灵魂，那些在我们遇到它们之前就已经选择了我们的生命。我的烧退了，很快就走了，他还想让我多留一阵，再教我些东西，但我只想着森林，真正的森林，而不是故事里的森林。我很喜欢安德烈，但是我讨厌这个小村庄。我宁可去达利亚那里，而且我们没有给他选择的机会，我去了埃文人那里，他们选择的是另一种生活，远离村庄，远离旅人，远离国家。安德烈一直居住在这里，尽管他和达利亚以及达利亚的家人一样，是土著居民，随着时间的推移，他的雕塑工作室早已不再是研究的对象，而是成了我的世界与他们的世界之间的减压舱，往返程的途中都需要经过这个中转。

但是这一次不同。我没有回家，我逃开了森林，我出发去了山上。有点问题，很关键的问题。他知道，感觉到了。我仿佛又看到自己出发时他拿出爬墙挂钩的样子。你知道吗，你已经是真正的"玛杜卡"了，我没有什么可以教你的了。拿好这个，你往上走的时候有用。我似乎听到他说起在我高烧的时候，我们交谈的那些内容，他叫我提防熊的灵魂，它一直跟随着我，在等我，它认识我。但是他没有留我。他什么也没有做，没有阻止我爬火山。这正是达利亚指责他的。他明明知道，我，还有熊，会发生些什么，但是他什么也没有做。他什么都没有做，什么都没有说，或者，更确切地说，对一头想尽一切办法迎接挑战奔赴失败，要迎来自己的成人礼，要出现奇迹才能幸存下来的野兽，他什么都说了。不，这绝不是他的错。他做的只是引导我朝着我的梦想前进。

达利亚，她也一直知道。她知道我睡着的时候，是谁出现在我的梦中，清晨，我和她讲述出现在我的黑夜里的熊，熟悉的、充满敌意的、滑稽的、危险的、深情的、令人担心的熊。她静静地听着。看到我蜷缩在莓果丛中，一头金发从树叶间露出来，她就会笑。每次她都说，这真像是熊的毛皮。她总是说我肌肉发达的身体像头母熊，她在想，在她的双人洞穴中睡觉的，究竟是熊还是我。但是达利亚身上有安德烈没有的东西，那是安德烈永远也不会拥有的：母性。一个了解切肤之痛，了解生与死的女人，一个不顾一切也要保护自己的所爱，让他们避免一切痛苦的女人。达利亚也能够看见不同世界的东西。然而她不会让自己的孩子离开她熟悉的地方，她不会领他们去森林，不会在孩子周围画个圈，告诉他，你待在这里，不会在朔望月的时候把孩子交付给外面的世界，让他缔结日后能够使他成为真正男人的关系。这些，都是父亲的职责，让孩子得到第二次生命。我在少女时代就失去了父亲。安德烈在某种程度上占据了这个一直空着的位置，他承担起了这个角色，将孩子推出了温暖而清晰的母体。正是因为这个原因，达利亚自此之后讨厌透了他。

在医院的病房里，安德烈待在窗边的一株绿植旁，他坐在一张小床上，而护士们帮我坐到他对面的一张小床上。我们静静地看着彼此，门关上了，就我们俩。他说：娜斯佳，你原谅熊了吗？又一阵沉默。要原谅熊。我没有立刻回答，我知道我没得选择，但是这一次我想反抗，反抗命运，想要不顾所有的束缚，想要反抗我们注定要走向的东西，不可抗

　　　　　　　　　　　　　　　　　　　　　　秋

拒的东西，我想要冲他吼，告诉他，我恨不得杀了它，将它从我的生活体系里驱逐出去，我恨它把我的脸毁成这样。但是我没有这样做，我什么也没有说。我保持呼吸。是的。我原谅了熊。

安德烈垂下脑袋，盯着地面，他一头黑色的长发堆在他的左脸这边，他就这么静静地等了一会儿，两滴泪落在方砖上。他抬起眼睛，黑色的眼睛湿漉漉的，光彩照人，眼神锐利。它并不想杀了你，它只是想引起你的注意。现在你已经是 *miedka*，"米耶德卡"① 了，一个在不同世界里生活的人。

走廊上一阵骚动。安德烈重新站起身来，将门打开一条缝，他向外张望了一眼，然后转身朝着我。他们到了，起来。我跟跄着挣扎到门口，撑在安德烈的肩头，他们进来了。她走在前面。她的一头金发乱蓬蓬的，没能藏住她因为

---

① 在埃文语中，*miedka* 一词用来指"被打上熊的烙印的人"，也就是说是和熊相遇之后还能幸存下来的人。这个词也暗含着一种说法，即得到这个称呼的人从此便是半人半熊。——原注

一个星期的泪水、悲伤和恐惧而通红的、肿胀的双眼。他跟在身后。双唇颤抖，因为恐慌和期待而紧绷下巴。妈妈用尽了所有剩下的气力，把我紧紧抱在怀里，我的哥哥围住我们俩，把我们满是泪水的脸藏了起来，不想让别人看到。我们抱在一起哭，一切终于又变得如此真实。我已经完全变样了，脑袋肿得像一个气球，上面布满了红肿的结痂，还有伤口缝合的针脚。我完全变样了，可是我从来没有这样真性情过；这种性情已经印刻在我的身体上，它的纹理既体现了一种过程，也体现了一种回归。

后来，这家医院的病房和绿植变成了实验室，形形色色、完全不同的人在这里相遇，很难想象他们竟然能够聚在一起，来看一个遭遇过熊的女人。达利亚和她儿子伊万走出了他们的森林，她的女儿尤利娅把她丈夫留在了维柳钦斯克的军营，他说日后会到彼得罗巴甫洛夫斯克来接他们。一个奇怪的家庭临时组建了起来，我的母亲，哥哥，还有他们，在同一个时空下，所有人都被投射在一个不确定的、才建立的地带。我成了这不可能的连字符，把他们这些人连接起来，同时也连接起了山上冻原的熊的世界。

再后来，我有机会单独和达利亚、伊万在一起。你们是怎么知道熊的事情的？我问道。在特瓦杨的森林，没有电话。方圆 100 公里，没有基站。而且好几个月以来，唯一让他们和地区其他狩猎营保持联系的广播站也坏了。达利亚用手绢擦了擦额头上滴落的汗珠，她双手合十撑住脑袋，放低了声音，开始讲述。这是特别的一天，就是我被我的熊追着跑的这天。这一天，他们在自己的森林里，远离火山。

他们和孩子一起待在克鲁克斯卡特坎（Cruxkatchan），伊查河的上游，在特瓦杨南面几公里的地方。他们在钓鱼。夏日将近的时候，这里的鲑鱼要比主营区多得多。这里只有一间原始的小棚屋，所有人都挨着睡在铺着皮毛的地上，但是就在他们住的屋子的下方，河流变得宽阔了，平静了，这是撒网的理想地点。有天下午他们正在喝茶，伊万突然向后倒去，失去了意识。他母亲焦急地扇了他一巴掌，他又睁开了眼睛。几分钟以后他站了起来。娜斯佳出事了，他说。他出了棚屋，往下走到河边，发动了小船，往北面 100 公里处的玛纳赫营地赶，这样他就可以上山，到我们在森林里时彼此呼唤的树屋去。他坐在离地 3 米高的树枝上，电话冲着天空，他收到了我让尼古拉代写的信息，那时我还在克利乌奇，"要害村"。出了诊所，上直升机之前，我把我的俄罗斯手机给了尼古拉，告诉他，给伊万和查尔斯打电话，他们是守护我远在法国和堪察加这里两个家的人。我知道我会让他们感到很惶恐，但是我不会感到内疚。我知道，却也不是很明白为什么，虽然是我独自一人遭遇了熊，但我和熊的事关系到我们三个人。他们俩，还有我。

　　看到查尔斯，我就想起那天，埃文人的葬礼快结束了，我们准备走出森林。结束了三天在狩猎营之间游荡的游牧生活，在德拉孔（Drakoon）埋葬了达利亚的母亲后，经历过痛苦、紧张、空虚和惶恐，我们抵达了萨努奇（Sanouch'）的边防检查站，差不多已经接近我们在伊查地区第一个"领地"的尽头。查尔斯和我想到低处的河里洗个澡，我们假道一条下山的小路，树枝划伤了我们的脸和胳膊。一到河水边，我们就对我们各自的水域进行了分配。过了一会儿，只听得一声咆哮。我们俩同时抬起头，一直陪伴着我们的大白狗莎曼，向河流上游冲去。查尔斯看了看我，和我说别去。我站起身，他的声音显得那么遥远，就像被压得很低一般。我立刻处于警备状态，朝莎曼的方向冲了过去。我感觉血流在我的两鬓间奔突，我想莎曼一定也是一样的。我看见它停在下坡处的 30 米开外，在河岸边树林入口，它在叫。我在它身后摸索着前进，几乎是在爬，一直爬到它身边。那里，在离我们几米远的地方，有一头巨大的母熊，一只爪子勾在树上，另一只爪子悬着，它冲着我们俩的方向直喘气。两只小熊在它身后戏耍。我的心在胸口怦怦直跳，我略略站起身，看着它。它松开了树，也站起身，定定地看着我们俩，接着发出一声长长的、终结性的咆哮。我看着狗，狗也看着我。我轻轻地往坡下退去，待到看不见它，我转过身，撒腿就往查尔斯所在的那个水塘跑。快点找到他，千万别把他一个人留在那里，这是我脑海里出现的第一个念头。我找到查尔斯的时候他对我说，你看见它了。是的，我气喘吁吁地回答道。你疯了，他又对我说。我知道，我笑了。

后来，在这天晚上，纸上落下了我一行行的文字，我写着写着，词语如潮水般涌来，根本不用费心思量，我写下来是因为我深深地被震撼了。我应该说明一下，我有两本田野工作的记事簿。一本是白天用的。记满了零碎的笔记，细节描写、对话记录，或是把别人的话记下来，这些笔记通常是乱七八糟的，需要我回到家里才能加以整理，直到把这堆乱七八糟的文字整理成某种稳定的、可以辨识的、可以分享的文本为止。另一个本子是夜里用的。这上面的内容都是片段式的，不完整的，也是不稳定的。我称之为黑夜之簿，因为我不知道如何定义里面的内容。白天用的本子和夜里用的本子反映了让我深受折磨的我的两面性；客观的想法和我不由自主试图掩盖的主观想法。它们分别代表我私底下的一面和显露在外的一面；而自发的、即时的、冲动驱使下的、野性的写作其实没有别的目的，只是为了看清洞穿我的这些想法，那是在某一个时刻身体和精神的一种状态，但是非常奇怪的是，这种写作虽然不经雕饰，却更加克制，因为日后是供自省用的，最终也会成书。当然，在看到熊的那天夜里，我抓起的是黑夜之簿。

　　　　　　　　　　　　　　　　　　　　　　　　　　秋

2014 年 7 月 8 日

穿透我的目光仍然在，仍然弥漫在记忆中一闪而过的、充满活力的画面里。所有的细节仍然在身体里涌动着；耀眼的颜色让它想起了共同生活的生灵已经失去的东西。这是森林，是孤独的捕食者特有的欲望的幽灵，是它们特有的愤怒、骄傲和警觉。与它们的不期而遇，无可名状，难以置信，充满了张力，但这相遇正在形成。因为孤独，它们会迷失；因为孤独，它们会自我封闭；因为孤独，它们会遗忘。和它们交汇的目光能把它们投射到与之面对的人的异质存在之上，从而把它们从自我中拯救出来。是和它们交汇的目光让它们仍然生机勃勃。

这天夜里，合上黑夜之簿，我关上戴在额前的探照灯，睁着双眼躺在黑暗中，我听见周围的呼吸声。发生了什么事？我依然记得那时的混乱思绪。我正在变成某样我尚不自知的东西；它正在通过我言说。

看到伊万，我想起了我们第一次见面的场景。瓢泼大雨。

查尔斯和我，我们才到伊查河岸的玛纳赫营地，是 2014 年 6 月。我们在蒙古包里待了三天，等着天气好转再出门。我无聊得要命。每天都在记事簿上涂涂画画，但又没有什么有趣的事情好写，词语空洞，毫无意义；总而言之，没有什么可记的内容。下午快过去了。炭火上炖着阿帕纳，[①]伊洛百无聊赖地搅拌着；壶里冒出的轻烟缓缓地往顶上门窗洞的方向升起。雨滴大声地敲击着棚顶，震耳欲聋，单调乏味。我清楚地看到蒙古包的门帘猛地被掀起，打在左侧的屋顶上，接着这个穿着橙色雨衣，浑身湿透的男人进了蒙古包。*Zdorovo*，他开口道，唇边挂着微笑。他的目光扫过蒙古包内的人，尤其是盯着两个陌生人，他的目光就这样落入了我的双眼中。我感觉有什么东西向我扑来，我迎着他的目光，心想。

查尔斯没有和我们一起去彼得罗巴甫洛夫斯克，但是他

---

① 阿帕纳（*apana*）是埃文人做的狗粮。他们会把所有人不食用的东西放进去，鱼头、鱼骨头、内脏、剩饭剩菜、土豆，等等。阿帕纳会炖上一整天。——原注

却无处不在。他负责和行政部门通电话，翻译我在俄罗斯已经做的那些手术的相关文件，以便将来转到法国医院时可以对接上。他度过了无数不眠之夜，我内心十分清楚他的痛苦。他用我的俄罗斯手机和我通话，得知我终于恢复了体力之后，他在电话里哭了，不停地对我说，我不该死，我不能死。我没有死，我得到了生，我对他说，就像对妈妈、对哥哥说的一样，他们都回答说是的是的，希望我不久之后就能恢复理智，忘记这类灵魂交融的故事，忘记这类和动物在一起的梦。这很难解释，真的。因为我的脑子里还是一团混乱，对于我所经历的一切和现在正在经历的一切，我都很难进行准确的描述。那时我还没有意识到，但是的确，他们的不理解只是预演了我回到法国后有可能面临的事情。

达利亚离开了，我和伊万待在一起。他把我紧紧抱在怀里，在我的肩头轻轻哭着，泪水流在我的脖子上。我让你别走的时候你为什么没听我的话？你明明可以和我们一起留在特瓦杨的，为什么要去山上？同样的回答，在任何语言里都是不可译的。我必须去寻找我的梦。同样的失望。

一个护士走进病房。娜斯佳，有人要见你。护士身边是俄罗斯联邦安全局的一个探员，制服，军帽，腰带上别着手枪。小姐，您必须打足精神，我们要谈个话，他关上门说。伊万一直都在，他退到浴室的角落里，蹲了下来，几乎隐身。他似乎消失在阴影中。我看着他，想起了我们在萨努奇分别的时候。我不会再往里走了，他说。而柳巴、小尼基塔和我，我们仨决定继续乘两天的船，然后再从公路抵达300公里外的米尔科沃。就像今天他蹲在盥洗盆和花洒之间的角落里一样，他那天蹲在森林边的蕨类植物里，拿出一根烟，看着我们在荒芜的冻原上走向另一个世界，另一个不属于他的世界。有很长一段时间，他都蹲在那里，一动不动地守候着，他渐渐变成一个绿色的小点，然后站起身来，消失在河边的树林中。

俄罗斯联邦调查局的探员和其他人一样，占据了我对面的另一张小床，问讯开始了。他到这里就是为了搞清楚两件事情：第一件是，为什么一个年轻的法国姑娘会出现在克利乌奇军事基地的要害村，完全靠自己沿着火山的冻土坡往下，身后跟着两个俄罗斯人？第二件是，一个外国女人如何在受到熊的攻击之后还能活下来，据相关证据说是用登山用的冰镐给了熊右侧肋骨一击进行自卫？需要澄清的核心问题是：她是不是法国（或者更糟糕，是美国）派遣到这里的探员，受过超乎寻常的训练，就为了打探俄罗斯军事武装的情况？真实资料的报告对我不利。俄罗斯联邦调查局的探员告诉我，他拿到的报告里说，来这里之前我在阿拉斯加工作过很长时间；说我用的是专家护照，但这并不能对我目前的处境有所帮助；说我大多数时间都待在比斯特林斯基地区南部的军事"禁航区"，在那里，幸存下来的埃文人几乎完全以自治的方式生活在一起。那您又在那里做什么呢？他冷不丁地问我。伊万蜷缩在浴室门后。做研究，我回答说。民族学的研究，我明确道。我花了三个多小时的时间才说服探员，我不是个间谍，还有就是，尽管很难相信，但是我的确在这桩既不属于战争范畴又不属于间谍范畴的事件中活了下来。

接下来的日子，很奇怪的一支探望队伍。人类总是有这样一种癖好，就像牡蛎依附于它们的岩石一般执着于他人的痛苦。就好像这个悲剧将他们深藏在身体以及器官里的情绪，将如此真实以至于令人难以承受的情感挖掘了出来。为了摆脱这些情绪和情感，最好的方法就是立即还给制造这种内心混乱的始作俑者。此刻始作俑者正好就是我。于是在我病房门口的走廊上来了许许多多的陌生人，他们来看我，给我带一点小礼物，告诉我他们是多么同情我所承受的痛苦。大多数时候，我都想叫；我的内心充满了愤怒。每次我都在想，他们怎么就不明白，一个暂时被毁了容的 29 岁女人多么向往独处，向往安宁和宁静呢？我请求护士，不允许任何人进我的门，请求他们只放我的亲朋进来。但是这一请求让我的守护神们感到混乱，因为我的"亲朋"看上去完全不同，讲的不是同一种语言，也不在同一个世界里生活。有天晚上，一个给我送了一周卡夏[①]的护士笑着对我说：娜斯佳，大家都觉得这间病房里住着两个完全不同的人！

时间缓缓流逝。每一天，都有女性的、专业的手为我除去脑壳上的绷带，清理创口，再重新包扎上绷带。在某一个

[①] Kacha，俄罗斯的一种流质食物，主要是荞麦面和牛奶。——原注

秋

下午，医护里最友善的一个一边温柔地抚摸我的脑袋一边说：娜斯佳，你不会秃头的。我差一点笑了出来，这肯定是让他们紧张的地方。我真不明白，"成为秃头"竟然会是可能的后遗症之一。

术后的指标分析还不错，我们在准备收拾行李回法国。妈妈和我并排坐在我的小床上，一直在讨论应该转到哪个医院去：找哪个颌面部修复的团队，哪些医生。我们犹豫了很长时间，后来我们还是倾向于巴黎的萨尔佩蒂耶诊所。我另一个哥哥蒂博和我的大姐格温多琳娜住在附近，查尔斯也是，他们仨都在电话里鼓动我们朝这个方向做决定。我们反复考虑了各种理由，权衡利弊，过了好几个小时，终于松口了。妈妈和我都没有力气再多加考虑了。如果我真能提前知道点什么，一切都不可能是现在这个样子。又或者也并非如此，无论如何，都不能倒退回去了。

走的那天，救护车把我送到机场。我还需要在车内等一会儿，担架员禁止我出去。在外面，达利亚、伊万都站在沥青路面上。我收买了救护车司机，让他们到车上来，就只一小会儿。司机同意了。他们进了车里，我们一起哭了。接着，达利亚首先恢复了镇定，每一次都是如此，因为她比任何人都更清楚生活的苦难。我仿佛又看到那年夏天的夜晚，她那张位于蒙古包内火堆上方的美丽脸庞，孩子们在皮毛上睡了，大孩子在外面抽烟，热烈地讨论着什么。她的声音低沉，几乎是在呢喃，和我说起了她的五个孩子的两个爸爸的离世，第一个死于集体农庄的劳作，第二个在后苏联时代死于争斗和抢劫。我记得当时她用的那些激烈的词语震惊到了我；而当她说起，每次她看到熊，就在想，也许这就是她的第二个丈夫在和她打招呼，大海把他送了回来，听她这样说我就想哭；我当然不可避免地想起了自己身边消失的亲人，在想他们现在是在哪里，是不是也能够见到我。今天，就像那天晚上一样，她重复道：*Ni nado plakat Nastia*——不要哭，娜斯佳，*Vsio boudet khorocho*，一切都会好起来的。还有：想要继续活下去，就不能想不好的事情。应该不断回想的，只有爱。

　　　　　　　　　　　　　　　　　　　　　　　　秋

对于那天飞机上的旅程，我只有一些不太愉快的记忆碎片。除了因为伤口感受到的疼痛，我能记得的只是一种深深的挫败感：我坐的是头等舱，我还从来没有过坐头等舱的经历，可我既不能享受香槟，也不能享受烟熏三文鱼，坐在我旁边的哥哥倒是享受得正欢。因为机舱里的压力，我结痂的伤口又裂开了，血流在我右边的面颊上。妈妈脸上落下了泪水。她掏出手绢，轻轻吸去血滴。她真坚强，我对自己说。在莫斯科，有这么一个场景：一个五十来岁的男人推我的轮椅（妈妈坚持让我坐轮椅，因为这样我就不会"和人发生争执"，可以安安静静坐在一旁，尽管我宁可下地走动），他看到我隐藏在五颜六色、打了图瓦雷克结的头巾里的脸，好奇心受到了刺激，问我：你从堪察加来……你是不是从山上掉下来了？我在回答他之前美美地沉默了一会儿。不，我和熊打了一架。

Hiver

萨尔佩蒂耶诊所。怎么才能拼凑起这个地方的种种场景呢，这个本该是我的庇护所的地方，却成了我坠落的地狱？按顺序来吧，也许。只剩我一人的时候，我立刻走进浴室，解开头上的绷带。我还没有看到我的脑袋。纱布落在橘色的地板上。我低头看着地面。接着我终于有了勇气，慢慢抬起眼睛，凝视着镜子。头发被剪成那种男孩子的发式，几乎是板寸。脸上的红色疤痕还有些肿，头皮上重新长出了一层黑棕色的绒毛，上面的疤痕正在消失。我瘫倒在地上，任自己的泪水肆意流淌。我就像一个被抛弃的小女孩一般哭泣，为无法避免的一切哭泣，我哭我的熊，哭我失去的此前的那张脸，哭先前的、一定也已经失去了的存在，哭不复从前的一切。我的手掌拂过齐根剪去的头发，感受脑袋上这种奇怪的、痒痒的触觉，让人忍不住想要摸了再摸。我有了重新生活的勇气。我站起身，再一次看着镜子里的自己，转过身，拉开浴室的把手，决定用这张脸来面对这个医院。

　　由于来到萨尔佩蒂耶诊所的是一只熊，只不过借用了我身体的外壳而已，尤其还是一只来自俄罗斯的熊，医院里的人采取就地的安全与预防机制：我被隔离了。再也没有了彼得罗巴甫洛夫斯克的绿植与"卡夏"，在这里，决不能拿卫生与安全开玩笑。每次护士进来的时候，都会穿上蓝色纸质防护服，离开的时候扔掉。所谓的纸质，是无纺布。这是妈妈的同伴告诉我的，他在这个系统工作过很长时间。看护我的人还要戴手套，穿拖鞋，戴口罩。她们吩咐我的亲朋也要进行防护，幸而他们没有照办，他们不愿因为我而穿上无纺布的防护服，戴上口罩。我觉得自己就像是被人抓住的一头野兽，被放置在惨淡的氖灯下，用放大镜加以观察。我身体内的一切都在咆哮，卤素灯的惨淡灯光让我的眼睛、我的皮肤发痛。我想要回到北极的黑夜之中，没有阳光，没有电，我想念蜡烛，如果我能藏起来，那就美好多了，藏起来，藏起来。夜晚，当一切灯光都熄灭的时候，没有人来来去去了，我才能恢复镇定。我在黑夜中瞄准一点，转入地下，出发，我和我的熊说话。

　　我在开放时间接受探视，尤其是才住院的时候。我的哥哥蒂博和我讲他拍的纪录片，给我看了一些片段，他还给我带来了百香果奶昔。而我的姐姐格温多琳娜为了陪我，一天之中有几个小时她都会在萨尔佩蒂耶诊所的走廊上办公。我能够听见她的高跟鞋在我病房前踱来踱去的声音，耳朵里塞着手提电话的耳机，十有八九是在为法国国家铁路公司做非常重要的财务决定。查尔斯也经常来看我。他先是带来了一张社会人类学实验室的同事们签名的明信片。每一次他都会为我描述他最近参加的那些有趣的报告会，还有实验室同事们之间的纷争。我听他说这些，感觉自己仿佛站在一扇玻璃门后，他的声音似乎是那么遥远。我好像看见自己坐在一艘小艇上，缆绳解开，河岸毫不留情地远去。船儿顺着水流往后退，船尾在前，我看见自己的亲人都驻留在坚实的土地上，而我无法消弭，甚至无法缩减我与亲人们之间越来越远的距离。

直到有一天，我让查尔斯别再来看我，这让他感到很忧伤。我想他一定觉得我这样做是不公平的。我很抱歉，这是我能对他说的全部。我也没有说理由，我的脑海里没有呈现出任何有力的、有说服力的理由，没有什么说得过去的原因。我切断桥梁，简单粗暴。不仅仅是和他，而是和所有的朋友。我不再接电话。

　　我是一个大学学者，我知道。理应与学生一起分享自己的工作，让他们参与进来，利用每一个机会丰富他们的学识，围绕一个特殊的对象讨论问题。只是如今这个对象是我。一群医学院的学生跟着他们的老师走进我的病房，就像蜜蜂簇拥着蜂王一般。他们和我差不多的年纪，或者仅仅比我小一点点，手里拿着笔记本，穿着白大褂，勤奋的目光，认真观察，听老师介绍我这个病例。脸部和颅骨被熊咬伤，右下颚骨折，右面颊骨折，脸上和头部多处撞伤，右腿咬伤。他们在记笔记的时候，我一一仔细打量着他们。穿着白大褂的他们是如此干净、整洁、光彩照人，我想。而我呢？我想起了我才到萨尔佩蒂耶诊所后不久，有个亲戚来看我后，所说的那些冒失的话：你现在还只是有点像集中营里放出来的，本来或许还会更糟。我迫切地想要躲起来，用面纱遮住自己的脸，省得被这些目光包围。我仿佛能听到他们今天晚上对朋友们讲述被送到他们颌面外科科室的"熊姑娘"

的故事。我试图阻止他们说出我能够想象到的那些评论。她毁容了，可怜的姑娘。她以前应该很漂亮。

第二天，诊所的心理医生来看我。小方跟皮鞋，合身的裙子，白大褂，金色的头发挽成发髻。您好，马丁女士，接下来是日常的客套。她问我感觉如何，是指"心理"上的感觉。因为没有更好的回答，我回答她说，我的心理状态肯定和我的皮肤、骨头一样，支离破碎，满是伤痕。还有呢？我又微笑着补充说，我感觉我还活着。她打量着我，尽量让自己的目光看上去充满善意。但是说真的，您究竟感觉如何？她坚持道。沉默了一会儿，她又重启这个话题。因为，您知道的，脸意味着身份。我看着她，目瞪口呆。各种想法在我的脑袋中冲来撞去，我的脑袋瞬间似乎沸腾了一般。我问她，是不是经常毫不吝惜地向萨尔佩蒂耶诊所所有颌面科病人都传达了此类信息。她抬了抬眉毛，颇为困惑的样子。我想要和她解释，多年以来，我都是在收集多重存在可能居于同一具身体里的故事，为的就是颠覆这种关于一元的、统一的和单维度的身份的观念。我也想要告诉她，当她面对的这个人恰恰失去了勉强算是反映出所谓统一形状的那种东西，当这个人正努力想要通过她现在脸上出现的那些"另类"的因素重组自身的时候，她发表这样的断言可能会带来什么样的伤害。不过我把这些想法留在自己心里。我只是礼貌地说：我想，这可能要复杂得多。我还说了一句——但是这句话是不知不觉来到我的嘴边的——幸好病房的窗户不能打开……毁容者失去身份，这是非常残忍的一件事情，就像判决。出乎意料，她又重新冲我笑了一下，她肯定是在想："病人在开玩笑，这是个好的信号。"她倒没有就此迷失了方向：夜里睡得好不好？我想，她应该是在等我倾诉。等我叙述恐惧，野兽，血盆大口，牙齿，爪子，或者别的什么。我也冲她笑了一下。她并不是心怀恶意的人，也不是没有能力，她只是置身事外，并不是在我的位置上。当我告诉她夜里更好的时候，她吃惊地睁大了眼睛。这是真的，夜里，我看得更加清楚，因为我能够越过这件事来看；越过那种要立即赋予白天的生活以意义的方式来看。

我做梦吗？这怎么和她说呢。是的，一直在做梦。但是在做梦前我做的是别的事情。我在回忆，我在重新复盘当时的场面，每天晚上入睡前都是如此，重演我生活突然发生彻底转变之前的那几个星期，那几个小时。

　　手握大砍刀在森林里走了整整一天后，我们在林中空地
支起了一座小帐篷。这天上午早些时候，我们离开了脚印踏
出来的、与乱七八糟的灌木丛纠缠在一起的一条小径。我们
要等到明天再出灌木丛，那时将把克利乌奇和它巨大的灌木
丛林甩在身后，向火山进军。远处，积雪的山峰时隐时现。
我们支好夜晚的帐篷之后，点起了很大的一堆火，周围树影
婆娑。这是我们往堪察加半岛最高的火山，克柳切夫火山进
军的第一天，整个行程应该在两周左右。这天夜里，我是想
着近在咫尺的群山入睡的，但是我的睡梦里出现了熊。它们
在帐篷附近徘徊，围着火堆转圈。它们是棕色的，高大，可
怕。我汗津津地醒来，感到很害怕。我以为已经忘记了森
林里的那一幕，我想要摆脱，可那些画面一直都在。接下来
的两天我一直肚子疼，我们走啊，走啊，不再去想这些。接
着就过了。关于黑夜，最终总是会过去的，我们会忘了它
们，不愿意说的东西，也就不再存在。

植被变得越来越稀薄了，没有了树，我们在高大的蕨类植物中前进。往上 300 米，我们在探险之境里开辟出一条道路。我们的先遣侦察兵显然不是人类，而是熊。我们看到了在我们之前的这些脚印，脚印上满是浆果的粪便。再上去 500 米，植被完全消失了，脚印也没了。终于，我对自己说。我们出了生命区。视线所及处毫无遮挡，只有矿物，没有一个人，只有下方前行的尼古拉和拉娜，他们被背包的重量压弯了腰。我感觉自己在呼吸，我在风中兴奋地大叫。几天来都是这样，我的唇边挂着微笑，感到很轻盈，越往上爬，身体似乎越能够一头扎进去，感官也变得更加敏锐。高山自能带来一种迷醉，一种抛开一切所特有的强烈的幸福。而且，一些考验才过去，又会有新的考验在等待着我们。

拉娜的背包对她来说太重了，我和尼古拉一起，尽可能地分担一些，减轻她的负荷，但是我们的背包里已经没有地方了。为了能够到达山口，在海拔 3 000 米的卡缅火山和克柳切夫火山之间，我把我的背包放在岩石上，然后再下去帮拉娜把背包背上来。我们就这样前进，两百米两百米地往上。我究竟卷入了怎样的苦役呢？我已经能够感受到腹部传来的一种锐痛，尽管风景美到令人窒息，尽管冰冷的空气调动起了我的肌肉。攀上卡缅火山后，在火山口，暴风雨来了。我们等了三四天，想要等雾升上去，这样我们就可以从冰川上下去。但是没有任何变化。我们带了两周多一点的干粮，如果明天我们还不动，回去的食物就不够了。我们一直陷在一片白茫茫之中，不过我拿定了主意：出发。凌晨时分，我把自己和尼古拉、拉娜绑在一起，我拿出 GPS，设置了下一个点，我的目光消散在低处的一片雾霭之中。下了很长时间的雪，山上的裂隙也被遮住了。我谨慎地开始下山，在泥浆之中开辟出一条通道来。抓紧绳子。我听见雪桥在我的脚下崩塌。抓紧绳子！我在浓雾中大叫，背包上传来的轻微压力告诉我，尼古拉已经明白了我的指令，在上方抓紧了绳子。右，左，右，前，我避开了有可能造成塌陷的地方，左右走"之"字形。我们行进得很慢，但还是下了一定的距离。突然，浓雾消散了，大雪也减弱了，在被火山灰弄脏的冰川上下起了毛毛细雨。山上的裂隙终于显现出来；我长吁了一口气。

接下来，就是类似克里特岛迷宫里的弥诺陶洛斯[①]的故

---

① 希腊传说中克里特岛迷宫里的牛头人身怪物，后为雅典国王的私生子忒修斯所杀。

事了：可怕至极的迷宫似的山谷，冰雪，还有四散的火山熔岩。我在找寻通道的时候并不多加考虑，就像水流一样顺势走下去。我的双脚一会儿陷在火山灰里，一会儿在黑色的冰面上滑行，但是我并不多想，我让自己多想那些微小的存在，情人之间的一个眼神，朋友的放声大笑。特别是在我们休息的时候，我就和大家讲笑话。尼古拉和拉娜都看着我，目瞪口呆，但是我还是成功地让他们挤出了一点笑容。幽默在极端状况下是无与伦比的良药：它能够帮助我们继续生存。经过 30 个小时不停的行进，我们终于走出了这片混沌。只需要穿越低处那条冰冷喧嚣的河流就行了，河流有 5 米宽，1.5 米深，河水消失在下游的裂隙中。经过数次争吵之后——因为害怕，大家不自觉地说话时都提高了嗓音——我们过了河。在河岸的另一侧，真是产生了一种迫切的愿望，就是想躺下来，不要动。这天晚上是我过去生活的最后一晚，我问自己，为什么要来登山，我本以为这样能令我暂时从林中解脱出来。因为很疲倦，我脸色苍白。我们拿出了烈酒，还有小杯子。在美丽冰碛地上的帐篷里，我们干杯，痛快，很快就结束了。夜里，我睡得很少。赶快走出去。重新找回山下的生活。离开致命的山峰。

我一副野兽的模样，走在高原上。这是我们旅程的终点，火山消失在雾霭之中，冰川延展开它最后的、已经没有什么深度的裂缝。脚步变得灵活、敏捷和快速，现在可以结束一切了。在松开拉娜和尼古拉的那一刻，我的脑袋里又有无数愤怒的思绪在盘旋。他们让我感到疲惫，因为他们过于夸张，尤其是在度过了最困难的时刻之后；现在云雾升起，冰川和火山组成的地狱已经完全被甩在了身后，于是他们穷尽辞藻，赞美大自然的美丽，还有呈现在我们眼前的风景。我看着拉娜心醉神迷的样子，又想起了在高山上，我把绳子递给她，好让她跨越根本无法绕过的裂隙时，她在迷雾中双眼含泪的样子。我不由感到心烦意乱。我匆匆收好绳子，终于可以摆脱他们了，于是我和他们道了别，多么幸福，多么轻松。我拒绝和他们并肩而行，也许是因为他们速度太慢，抑或是对他们的话题不感兴趣，但更重要的是，我想沉浸在自己的思绪之中。我将山下的海角指给他们，说好到时在某块岩石汇合，没有疑议，岩石在这里就可以清楚望见。很简单，笔直走，再也没有任何危险了，我对他们说。我一个人出发了，几乎是在跑，我看见了森林，在蒙古包里冒着热气的茶，狩猎者椭圆的脸庞上，绿色眼睛里倒映出来的炭火的微光。我几乎迫不及待。我很兴奋，是那么着急，急着想要从外面的世界里挣脱出来，或者说是从风景里挣脱出来，我想要走出的正是风景。而拉娜和尼古拉却是为了风景来的，当他们的身体许可，当艰苦的环境终于让他们安静下来，他们双眼朝天，成天谈论的恰恰就是这个。然而走出矿物的世界，逃离和我一起攀登的伙伴时，我也陷入了某种形式的病态冥想中：我并非往高处或者地面看，而是要往内在，往里面看。我是那么希望可以走出这外部的风景，进入到能让我忘记自己身处何处的森林里，在一个有可能居住着其他生灵或是其他生灵穿越的世界里。我忘了，就是这么简单。我怎么能忘了呢？现在我问自己。是我背后的冰川。尼古拉和拉娜的大自然，一望无际的碎石堆，是最后几天的暴风雨，是在火山口的帐篷里，还有害怕下不了火山的恐惧。是高处沸腾的，差点把我们卷走的河流，是关切，还有问题一旦解决之后的懈怠。是疲惫、恐惧和压力，这一切都在同一个动作中荡然无存。是我内心的忧郁，即便走出再远也无法治愈的忧郁。

冬

这一切都是同时产生的，但这不是忘却的理由，这只是外部的环境而已。理由更属于梦的范畴，只有在最深沉的黑夜里才能够抓住它们的碎片。

是的，我会尝试着向您讲述我的梦，我对心理专家说。晚点再来，因为恐怕会很长。窘迫的笑容。她有点笨拙，真的，而且有点神经质。但实际上，我想我还是蛮喜欢她的。我喜欢她眯起眼睛和皱起眉毛的样子，她想要弄明白，这看得出来。我恨自己那时没有表现出很友好的样子。下次我争取有所弥补，我一边听着她的高跟鞋在亚麻油毡上远去的声音一边对自己说，我的脑袋转向窗户，目光迷失在外面轻轻摇曳的树枝间。

这是我在法国第一次手术的日子。我的外科医生和她的团队达成了一致意见，认为把一块"东方的"金属板留在我的下颌里是危险的，最好用"西方的"金属板取而代之。放射科的片子显示原先固定金属板用的钉子太粗了，是"俄罗斯式"的，他们用的就是这个词。更加糟糕的是，金属板太厚了，他们对我说，用来固定的轴会给日后的康复训练带来危险。也许在那一刻，我本该对他们说，我是相信俄罗斯人的。我本该对他们说，我想先回家，然后再慢慢修复自己。我也不知道。在那个夜晚，真相，或者正确的选择，对我而言都遥不可及。但是难道我得到过吗？就这样，我的下颌骨默默地，但是无法改变地演变成了法俄之间医疗冷战的舞台。

重新装上金属板之后，剧痛无比，我第一次要了吗啡。就像手术后的连续几个夜晚，当痛苦变得难以忍受，我也要求了吗啡。从一到十，您的疼痛指数在哪一级？这个法国医院所有病人都熟悉的问题，我也被问到了。开始的时候我有点犹豫，有点语无伦次，担心自己夸大其词，害怕别人因此会对我产生不好的看法。我思忖这一奇怪的分级，让人解释了好几遍。究竟从哪一级开始医生会认真对待呢？五级？六级？别太贪心，开始的时候我对自己说，如果我把等级抬得太高，再接下去，如果他们反对给我使用毒品，我就不能再提升我的疼痛指数了。是不是隔壁病房的病人也和我一样，做这一类的算计？是不是他们也试图操控这些最最难搞的护

冬

士？用这该死的级数来评估正饱受痛苦的身体并不容易。这难道也必须要给出一个数字吗？我内心充满了抗拒，甚至有一两次我还发了火，但随着时间的推移，再加上我的要求经常得不到满足，我也只好作罢。其实这一切毫无用处。询问疼痛的等级，评估价值，无意义的数字；试图准确地表达自己的感受。这些都没有用。如果在医院，真的感到疼痛，而且想要一点镇痛的玩意儿，就必须说是 9 级，甚至 9.5 级。必须进入这种级数的逻辑；必须让自己融入规则，装出接受它的样子才能取得胜利。

现在想来，使用这种疼痛级数本身就是不合理的：必须通过如此理性的、编码式的措施才能给药，这真是有些超现实，而这种药物的功效在最理想的情况下，是要让你陷入无法控制的幻境。

我现在是在童年时代的房子里，位于拉皮埃尔。我从马场往下走，走进栗园。在草坪下方，屋子后面，有这么一个地方，我们称之为"鸟园"。之所以这么叫，是因为我出生之前，我姐姐莫还小的时候，父亲在这里安置了一个大鸟笼，养了十来只斑鸠。我姐姐喜欢这些斑鸠胜过一切。直到有一天，来了一只狐狸。它挖了个地道，从内部进行了清洗。它把所有的斑鸠都咬死了，就这样，但是只吃了一只。莫痛苦得发疯。第二天，父亲拆了鸟笼。再也不要搞什么鸟笼了，真是荒唐，他说，花园里的鸟要么就该是自由的，要不然就不是鸟儿了。因此就有了我现在所在的鸟园，我站在鸟园的上方，它还是我以前熟悉的样子，当中一口老井，左边有个小棚屋，窗户都坏了，右边是晾衣绳，绳子上栖息着小山雀，周围是榛子树和妈妈的黑醋栗。我弯下腰，穿过鸟园上方马场的栏杆。我站住了。有什么东西从井里冒了出来，是一个脑袋。因为害怕，我的胃在抽搐。现在我看清楚了，它从地里冒出来。它很庞大，浅栗色，是头野兽。我转过脑袋。还有一只，坐在小小的石头圆桌上。咆哮声。这时从棚屋里走出了第三只。那只从井中出来的盯着我，迈着慢悠悠的步子向我走来。我开始跑，但是我跑得太慢了，真是讨厌，这是梦里时间特有的慢，让你的双腿动弹不得，尤其是需要逃跑的时候。我绕过它们身边，想要跑到屋子后面的落地窗，我对自己说，它们会抓住我的，我跑啊，爬啊，就像一个四足动物一般，用双手在地面上刨，想要加快速度，门近在咫尺，我几乎是横着越过地面，最后纵身跃进屋内，门在我身后关上了。

心理专家看着我，陷入了沉思。这没有我预想的激烈，她承认道。那是当然，没有梦能够超越我的真实经历。对此您怎么看？我问道。她眨了眨眼睛。熊已经深入了您的记忆，它们在您的记忆里徘徊，是从您的过去中涌现出来的……还有别的什么吗？没什么了，我说。已经很多了。

我回到母亲家，已经待了几天。脑袋上和腿上还缠着绷带，两个护士轮番照顾我。最要命的就是下颚处老是渗出这种黄色液体。这很正常，萨尔佩蒂耶诊所的医生对我说，还要持续几天的时间。但已经好几个星期了。我并不是真的疼。我只是害怕，害怕自己身上还没有闭合的一切，害怕一切有可能渗出的东西。在我的记忆里，还隐匿着其他生灵；

也许我的身体里也有，深入骨髓。这个念头让我感到害怕，因为我不愿意自己的领地遭到入侵。我想要关闭我的边界，将入侵者扔出去，抵抗侵犯。但是也许我已经被包围了。每次都是同样的事情。面对这些想法，我感到深深的沮丧：我知道，在关闭边界之前，首先要有重建的能力。

　　从萨尔佩蒂耶诊所出院之后我就来到了母亲家，既然已经在格勒诺布尔了，大家劝我可以去当地医院的颌面科做个化验。我讨厌这所位于拉特龙什①的医院，一走近就感到恶心。我记得小的时候，有什么人在这里病得奄奄一息，也许父亲去世之前就住在这里，我已无从得知。我在医科教学及医疗中心贝尔多内门入口的广场上往前走，我还记得上一次我从这道门出去的时候，在广场上吐了，就在铁质楼梯前。那时我7岁，家庭医生诊断我患了阑尾炎。后来在一间诊室里，又说并不是。我和妈妈松了口气便走了出去，可是还没走出几米远，我就手捧着胃，疼得直不起身来。我一点也不想待在那里，我对自己说，在玻璃门那里暂时停了下来。而

---

① La Tronche，位于伊泽尔省。

最后我还是进去了。气味，亚麻油毡，医院的颜色，制服，导诊台的叫号票，这一切都令我痉挛。

经过化验，下颚渗出的黄色液体需要重视：格勒诺布尔的外科医生说萨尔佩蒂耶诊所把俄罗斯的金属板换成法国的金属板时造成感染了。巴黎实验室有一种抗药性的链球菌，在那块本该把我从劣质的俄罗斯竞品中拯救出来的金属板上安了家。更糟糕的是，它正以惊人的速度在繁殖，占领金属板这块领地。我的下颌骨因此很危险，医生害怕它也会遭到入侵。在这个问题上，女士，医院对我说，这可不是清除的问题了，病菌可能会到处传播，到处。我的恐惧终于落实到具体的事情上了：我的的确确是入侵的受害者。若不是我被他们说的事情打击到了，不是为接下来有可能引起的问题而忧惧，此时此景里的讽刺原本会让我觉得十分有趣。格勒诺布尔的外科医生没有容许就此提出什么疑议。在她看来，一切十分明了。萨尔佩蒂耶的操作者又一次表现出了能力不足。我已经习惯了下颚成为法俄医学冷战的舞台，但是我没有料到，竟然还有法国医疗服务之间的内部竞争，尤其是巴黎医院（被定义为"工厂"）和外省医院之间的斤斤计较，据说外省医院是更加人性化的（在这里您不是一个编号，而是一个人，等等）。

格勒诺布尔的医生肯定地说必须重新回到原点。她向我陈述了她的方案：为了将事情推上正常的轨道，她会打开刀口，取出感染的金属板，清洗内部，通过一个外部固定的系统，用一块夹板取代原来的金属板。就在这会儿，我又陷入了进入克利乌奇诊所时那深不见底的黑暗里。我想象着我脸上冒出的螺丝钉，还有固定下来的金属下颚，我看见自己成了一个机器人，完全机械化了，不再具有人类的特性。我的眼泪流了下来，我站起身，不，我只是简单说道，您别对我这么做。我离开了房间。等等！回来！我在走廊里一路小跑，要逃离这座不幸的医院，我脑袋里只有这个念头，我两级两级地下楼梯，白绿白绿，再考虑一下，找到解决方案，平静下来，平静下来。

是为我实施淋巴引流疗程的康复治疗师向我推荐的这位外科医生，让我去做化验，医生是她的朋友，她向我保证说，这位医生非常有能力。我没有取消康复治疗，让自己安

冬

静地想一想，相反，我仍然在犯错，因为我第二天还是按照预约去进行了淋巴治疗。由于她的那位同事已经告诉了她检查结果，还有我对于医生诊断的强烈反应，治疗室成了我最糟糕的噩梦。她戴着塑料手套的手放在我的脸上，试图将淋巴液引出来，她提醒我说，医院的感染是非常严重的，如果不听从医生的建议，会很危险，因为对于接下来应该怎么做，医生"比我要清楚得多"。她的手在我脸上来来去去。她强迫我接受一点，那就是如果我不按照大家建议的去做，形势很可能会恶化，我的下场很可能像年轻时出了车祸之后的德帕迪约①一样，说我很可能会自杀。戴手套的手收回，治疗结束。

走出治疗室，我抬起疲惫的脸，冲向苍白的太阳。为什么要做这一切？我应该再一次深入自己的内心。我想到了那头熊。如果它还活着，至少它还可以过着熊原本该过的生活，而不会像我这样，承受这些象征性的或实在的暴力行为。唉，谁知道呢？也许熊族也会有自己的放逐程序，将获

---

① 指吉约姆·德帕迪约（Guillaume Depardieu，1971—2008），法国演员，1993年在一次车祸中腿部严重受伤，术后感染，最终截肢，2008年突发肺炎去世。

胜机会甚微的"选手"边缘化,把不再适合熊族生活的那些熊驱离。在强光的照射下,我垂下眼睑,钻进汽车,点火。随他去吧,反正我不想再见到这些人。

我回到了萨尔佩蒂耶诊所,在给我做手术的外科医生那里复诊。就是那个用法国金属板取代了俄罗斯金属板,从而让病菌侵入我的下颚的医生。这当然不是她的错,但是我有点恨她,我对自己说,解决方案应该是她的事情。她建议我打开后进行清洗,并且用我的一块髂骨来进行骨移植。还有一件事:要拔掉一颗牙齿,一颗臼齿,以防万一,避免感染。你可以考虑一下,她对我说。我已经考虑三天了,我住在姐姐格温多琳娜那里,面朝大海。我一直在考虑。

10月很快就要接近尾声,我坐在阿尔卡雄咖啡馆的露天平台上。面前是大海,秋日将尽的太阳照着我被另一个世界的野兽留下了痕迹的光头——在那个世界里,我们不会在棕榈树下,在白色的路灯下,在玫瑰色的鹅卵石街道上散步。我看着小船和它们锈迹斑斑的锚链渐渐在水面上消

冬

失。我对自己说，最好接受自己与这个世界已经格格不入的状况，接受我已经注定与神秘联系在一起。小船在水面上漂着，我想起和熊搏斗之后的短暂瞬间。很明显我是在森林之中，很明显我确认自己不想死。我想要成为锚，非常重的锚，可以深入到时间开启之前的时间深处，那是神话的时间，一切尚在孕育之中的时间，是创世的时间。接近人类在拉斯科洞穴画壁画的时间。在那个时间里，我和熊在一起，我的手在它的毛皮上，它的牙齿啃噬着我的肌肤，我们相互启蒙；我们在讨论我们即将共同生活的世界。小船漂着，我似乎看到了这根锚消失在某个先于我、构建我的空间里。我对自己说，如果我把自己的小艇绑在那里，它就再也不会偏航：它会在当下鲜活的水面上漂浮。

　　然而，我必须拿一个主意，关上我身体尚未闭合的缺口，正是这些缺口将我置于不太舒服的，甚至很快就会过不下去的边缘处境里。小船儿漂着，人们走在玫瑰色的鹅卵石道上。好。在今天，做一回自己意味着拒绝共识、拒绝和解但同时也无需求助于剖腹自杀这样的方式。行，我会再次手术的。

11月的巴黎，不是雨就是雾。三个月前，熊带走了我的一块下颌骨，还有我的两颗牙齿。外科医生即将拔掉我的第三颗牙齿。以牙还牙。三颗。从来都是有二必有三。我躺在手术台上，等着。您可以想象一个舒适的地方，给我注射全身麻醉的护士对我说。我觉得很好笑，我的笑也在护士的脸上点燃了一个微笑。我对自己说，外面没有出口。我像一头野兽一般走在世界之脊上，我是在找它。我经受了所有这些医学上的考验，因为有一个"我们"在。此时，是我和它，没有其他任何人。我闭上眼睛。树出现了，远处的火山。在树叶下，小船在河面上飘荡。是夏天，但是在下雪，下雪了，这是一个奇迹。

　　从麻醉中醒来，我总是视力模糊，我不习惯。每一次，我都有一种陌生感，就像是长途旅行回到家，总觉得不是真的在自己家一样。我试图重新适应这具离开了几个小时的身体。我真的去过那里吗？梦的记忆是如此真实。我飘荡，感受，行走，品味。我和我认为听不懂我说话的存在说话。我和他说，我们可以讲和。我的视线逐渐清晰起来：我确实回到了这间漆成淡黄色的，没有一丁点味道的病房里。哦，没有味道，如果酒精味不算的话，或者药味不算的话。我想吐。我一直活着。我轻轻地触抚着我的脸，我的喉咙。缺了点什么。在我左边的脖子上，自从第一次手术失败之后，就出现了一个淋巴结。这个淋巴结逐渐变大，因为它对植入我下颚的钛板上的微生物感染有所反应。我刚刚从手术唤醒室回到病房，很担心。我问实习生们是怎么回事。他们需要给淋巴结切片进行化验。但事情并不是这样发展的：他们一冲动，就决定不再耽搁在这样的"细节"上，他们简单地决定摘除它。他们告诉我，切除更简单。先是皮肤、头发、三颗牙齿、一块骨头，现在又是淋巴结。我在这场战斗中失去的身体的部分越来越多。

又一次，我独自一人待在病房里，我疼。几个小时前我吐血了。毫无疑问，疼痛分级我应该是在 9.9，看得出来，吗啡能将我从衰竭中解救出来。主要的光源都关了,有一种温和的暖意在我的皮肤下流淌,痛苦渐渐平息,我尽量把自己安顿得舒服一些。我打开黑色簿子,一直乱涂到天亮。这天夜里,我写下应该相信野兽,相信它们的沉默,相信它们的节制;相信警惕的状态,相信这间病房光秃秃的白墙、发黄的床单;在一个中立的、无动于衷的、跨越边界的无人审判之地,相信一种作用于身心的后撤。不成型的东西逐渐明确起来,被勾勒出来,静静的,突然之间被重新定义。不受神经支配,重新受神经支配,交汇融合移植。遇见熊,被熊抓了之后的我的身体,血性的,没有经历死亡的我的身体,充满活力,布满纹理,伸出手的我的身体,成为一个开放的世界的我的身体,各种存在在这个世界里相遇,能够和它们一起,或是在没有它们的情况下自我修复的身体;我的身体就是一场革命。

夜晚将尽,一切变得非常清晰:我要感谢这具身体上的双手,女人的双手,这双手并不知道,也没有料到,会面对由野兽打开缺口的另一个世界。这双拆除、清理、添加和关闭的双手。这双来自城市的手一直在为野兽的问题寻找解决方案。这双手和我口中的熊的记忆共存,它们参与到已经杂

冬

糅的身体的异化之中。今天晚上，我对自己说，我必须给这双手一个位置，这样才能痊愈，与在北极徘徊着的那些生灵，与亲爱的杂技演员、猎人和做梦的人一起。我应该找到一个相对平衡的位置，能够让来自不同世界的元素在我的身体深处共存，彼此之间无需讨价还价。这一切已经发生了：我的身体成了汇聚之点。需要消化、融入这一反传统的真相。我必须消除不同世界的碎片之间或是世界内部的敌意，只聚焦于它们在未来的淬炼。而为了完成身体和灵魂的这一操作，必须从现在开始关闭免疫屏障，缝合裂口，亦即决定闭合。闭合，就是接受，放置在内心的一切已经成为我的一部分，但是从此之后别的东西再也不得进入。我对自己说：内心应该像是诺亚方舟。我闭上眼睛。水涨上来，河岸被淹没，必须起锚，关闭舱口，我们已经准备好一切来面对大洋。再见，我们出发启航。

今天上午医生来了，态度殷勤。白大褂，绿色的鞋子。她美丽的红棕色头发在肩后扎了起来。您感觉怎么样？接下来就是老一套的交流。是的，手术很好，现在一切都会好起来的，是的，我很有信心。我对她说，她的职业很神圣，说我昨天夜里一直在想她。尴尬的微笑。不管怎么说，发生在您身上的事情很特别，她对我说。这样的事情还有其他幸存者吗？或者您是唯一的幸存者？我回答她说，这就像处于您这地位的女性一样，有，不过很少。

今天我明白了一件重要的事情。从这场战斗中痊愈，不仅仅是一种以自我为中心的蜕变姿态。这是一种政治姿态。我的身体成为一方领土，在这领土上，西方的外科医生与西伯利亚熊在对话。或者说，是他们试图建立与西伯利亚熊的对话。在我身体的这个国度内缔结的关系是脆弱而微妙的。这是一个火山国，每一刻都有可能失去平衡。我们的工作，她的，我的，或是熊放置在我身体里的这一不可名状的东西的，从此以后就只是"保持联系"。

我说，无论是面对熊，还是面对"来到"这个世界的东西，活下去就意味着接受结构性转变，从而形成一个新的形态。让我们着迷的独特性最终显现出它的本质，那就是一个幻象。形态根据自身的模式重新构建，只是构建的元素都是外来的。

冬

两个星期过去了，化验结果还不错，我可以走了。我在火车上，晚上六点，去往阿尔卑斯山。我想妈妈，她在等我，想散发着薰衣草味道的床单，想她正在为我准备的碾碎的小菜，想她停留在我已经重新长出的头发间的双手。电话响了。我转向车窗，轻声接听。是医院实习生的声音，他的声音很惊慌：您必须回巴黎。尤其是不要和任何人说话，不要靠近别人。淋巴结似乎有点问题。我闭上眼睛，脑袋上像是被人浇了一层铅。两个星期前，没说这个被强行切除的淋巴结有任何问题，为什么非要现在出现问题，在我终于能够走出高墙，而且不需要逃跑的时刻？在我以为不再那么混乱，终于可以开始真正的康复期的时刻？它为什么要从孕育它的暗室中突然冒出来，一下子抓住我？更糟糕的是，为什么我竟然从这个实习医生的声音里听出了某种阴暗的快乐，因为他致力于行使一个年轻医生的权力，致力于揭开他的病人的真实情况，而病人自身并没有任何感觉？我感到我的怒火正在升腾。或者是沮丧，我也不知道。医生很恼火，他在电话听筒里咆哮。我和您说了，到站就立刻下车，调转方向乘车回来，他命令我说。我们有把握推定您患了肺结核。

肺结核？我？不，我不相信，我根本没有任何感觉，我对他说。不，女士，我知道听到这个您会很难过，但就是这样的，您必须马上回来。我挂了电话。就像每一次我不知所措时那样，我给妈妈打去了电话。她对我说不需要改变计划，马上回家。不，我们是不会戴口罩的，不，我们不会让你隔离的，因为你肯定没有肺结核。我的妈妈是一个无与伦比的女人，她研究行星的排列。她禁止我回巴黎，甚至禁止我再接听那个歇斯底里的实习生的电话，他责成我立刻离开家，省得传染我的亲人。妈妈给我做饭。妈妈对我说，她爱我。

夜里，我的电话突然停止了震动。是 11 月 13 号。第二天，仍然是奇怪的静默，和头一天的疯狂形成了截然对比。我打开广播，立刻明白了。才发生了恐怖袭击，法国举国哀悼。萨尔佩蒂耶诊所人满为患，更不要说颌面部科室。突然事件的讽刺；*kairos*，关键时刻。是屠杀的恐怖将我从医生的魔爪中解救了出来，他们把我给忘了。我得以把自己交付给自己和妈妈。我可以自由呼吸了。

白天，我读书，看着窗外，等待夜晚的来临，等待夜晚来保护我，夜晚的梦幻，夜晚的精致，可能的旅行。我的话不多，我想要享受独处，在我的身体里重建这种孤岛状态，接受居住在我内心岛屿上的这些存在物彼此之间是不可沟通的事实。我对自己说，这不是要清空我的灵魂来享受一下灵魂里所隐藏的独处；而是将我们的存在演变为我们选择的这一切的生态系统——或者说是这一切选择了我们——让它们能够越过分隔它们的藩篱，彼此间得以沟通。外面在下雪，我是那个手捧鱼儿的垂钓者。雪落在树枝上，我就是那条在垂钓者怀中的鱼儿。雪覆盖了一切，我就是那条跃入寒冷阴暗的水面之下的鱼儿，我变成了一只色彩斑斓的鸟儿。

　　这天夜里，我见到了达硕，这是我这么长时间以来第一次见到他。我们在阿拉斯加的育空堡，我们在那间我第一次做民族学田野调查时生活的小棚屋里。我和他说，太难了，这些伤口。看着我，他对我说。我看着他的脸。我仔细地看着他，我发现上面有一些细小的痕迹，伤口，是我以前从来没有注意到的。他把手放在我的肩头，让我安静下来。我不再流泪。你还记得吗，他轻声呢喃。场景变了，我们这时身处某处峭壁之上，下面就是泰加森林。是个很奇怪的地方，有点像我现在能够看到的上阿尔卑斯省的山脉，又有点像阿拉斯加的育空河谷平原，也像堪察加的伊查地区。我们静静地待在那里，倾听从低处森林里传来的各种声音。接着他说：你就是为这片土地而生的。沉默。他闭上眼睛，张开嘴，长长的一声呼号，久久在空间里回荡、传递。

我躺在床上，我才挂了电话。我和我的心理医生莉莉安聊了一会儿。我们认识很久了，十四年前父亲去世时，多亏了她的帮助。我要好好想一想刚才她对我说的事情。熊让界限的问题变得具体了。"熊"事件及其后续让我从此之后彻底抛弃了在这个世界上曾经拥有的暴力。我重新来表述一下：在我和熊的相遇之中，当它的下颌遇上了我的下颌，有一种模糊的暴力，这也是我身上一直有的一种暴力。我可以把莉莉安的想法展开一下，我是去外面找寻某个身上一直有的东西，熊是一面镜子，熊表达的并非自己，而是别的什么东西，是和我有关的什么东西。我翻身仰面朝天，盯着落在天窗上的雨滴。我感到非常恼火。比恼火更甚，我简直有点愤怒。这是个高明的推论。有个词跳到我的脑中来：clever。但是有点不妥当，缺少一点关键的东西，我现在还不能完全抓住它。我一边听着雨声一边嘟嘟囔囔。我讨厌这种不自禁冒出来的放弃的念头。这个世界究竟发生了些什么，以至于别的存在都只缩减为我们自己灵魂的状态？对于它们自己的生活，对于它们在这个世界的足迹，它们的选择，我们究竟是怎么对待的？为什么在这桩事情里，要理清其中的意义，我非得要把一切都归于自己，归于我的行为，我的欲望，我的死亡冲动？因为在他者身体深处的东西，或许你永远也触及不到，莉莉安肯定地对我说。尤其是在熊的身体深处。这是真的，这话彻底破坏了我原来的想法。谁能够道出它身上的东西，它感觉到什么，谁又能说清楚，除了那种基础的功能主义的解释，推动它行动的究竟是什么？显然，有些东西我永远都不会知道的。但这并不意味着应该放弃，放弃更深层的理解的要求。

冬

我今天的另一个问题是象征的问题：即便我已经把这个问题扔在一旁，它也总是不放过我，令我深感疲惫。自从到了这里，在母亲位于法国的家里，我想着那头熊的时候，总是借助于类比的游戏。我不停地问自己"熊"的形象在西方象征着什么（对于这个问题万物有灵论的一面，我已经有了一点想法），这个形象究竟反射出什么。为了打发时间，我列出一张又一张的清单；这些清单在让我发笑的同时也让我感到沮丧。

力量，勇气，节欲，宇宙与大地的循环，阿尔忒弥斯[①]钟爱的动物，野性，兽穴，后退，反思，躲避，爱，管辖范围，权力，母性，威严，权利，保护。清单很长。我就这样陷入了困境。

如果说熊能够成为我的映射，我在这一形象之中，究竟执着地想要探索怎样的象征性表达呢？如果它棕黄色的眼睛没有对上我蓝色的眼睛，也许我能够满足于这些相近之处。尽管我更想使用的词汇是（它在我内心激起的）"共鸣"，但

[①] 法语为 Artémis，古希腊神话中的狩猎女神。

是，有了我们纠缠在一起的身体，有了这不可名状的"我们"，这个我隐约地感觉到是来自远方，来自我们有限存在之前的"我们"。这些问题在我的脑中转来转去。为什么我们选择了彼此？我和野兽的共同点究竟在什么地方？是从什么时候开始的？我身上的真相在于，我从来不曾想过要让自己的生活平静无波，尤其是和他者的相遇。在这一点上我的心理医生说得很有道理，我并不是一个内心安宁的人。我甚至不知道"安宁"这个词意味着什么。很长时间以来我都在北极工作，这就是一个处在动荡之中的地方。我知道如何在变化、爆炸之中工作，在"关键时刻"，在事件中该如何应对。我能想到该说什么，因为在我看来，危急状况是思考的好机会；因为危急状况总是隐藏着另一种生活，另一个世界的可能。相反，我从来不知道在平静、稳定的状态下应该怎么办；安宁并不是我擅长的。我虽然从来没有承认过，但是我的确在暗示自己，要到高处的平原去寻找内心深处战斗性的一面；当然，这就是为什么，即便路断了，我也不会逃跑。相反，我会像一个悍妇一般投入战斗，我们在自己的身体上留下了对方的符号。我很难解释这一切，但是我知道在这场相遇之前，一切都是有准备的。从很早开始我就为将自己引入熊嘴、接受熊吻奠定了基础。我对自己说：谁知道呢，它也许也是如此。

我相信，从童年开始，我们就继承了需要我们用一生时间去征服的领土。小的时候，我之所以愿意生活下去，是因为有野兽、马儿的存在，是因为森林的召唤；有高山，有狂暴的大海；有杂技演员，有走钢丝的演员，还有讲故事的人。而课堂上、数学里以及城市中遍布着反人类的存在。幸而在我刚刚成年的时候，我就遇到了人类学。这一学科对于我来说，就是去向外界的一扇门，是未来的可能性，是让我在这个世界里得以自我表达的一个空间，是让我成为我自己的一个空间。我只是不曾想过这个选择会给我带来怎样的影响，更不可能料想到万物有灵论的研究可能会带来怎样的后果。在我不知不觉之中，我在阿拉斯加写下的，关于人类和非人类之间关系的那些话已经为我和熊的相遇做了准备，在某种程度上，甚至预示了这次相遇。

我感到疲倦，现在我没有力气想得更远。雨水一直沿着天窗滴落，我必须下定决心，等待。我对自己说，一个动作永远不可能揭示出什么。或者，更确切地说：当濒临死亡的瞬间一闪而过，就在我觉得似乎一切都很明了清晰的时候，事件，还有我之后的生活又会被覆上新的面纱。

我没有得肺结核。化验结果是清楚无疑的，格勒诺布尔传染科医生质疑了他们巴黎同行的诊断。他们给萨尔佩蒂耶诊所打了好多次电话，而荒诞到极点的是，培养的淋巴结消失了，竟然没有人能找得到！我还另外做了一整套化验，同样什么都没有发现。没有一个微生物的影子。我推开了入侵者。或者入侵者根本就是虚构的，是医生的幻想，尽管他们认真严肃，但是他们囿于致命的"救赎"梦想。我更倾向于第二种可能，但是我后来也不曾知道这个故事究竟是怎样的。

现在是 12 月，我必须北上巴黎，去给我做手术的外科医生那里复诊。人满为患的候诊室，叫号的票，绿色的座椅，绿色的漆皮面，医院的味道，想要呕吐的恶心感觉，缩成一团、似乎让你的五脏六腑都翻转开来的胃。我终于走进她的办公室，白大褂，绿色的鞋子，挽起来的红棕色头发。

一切都很好，她一边为我听诊一边对我说，没有渗液也没有感染，X光片显示移植成功，我的下颌骨长好了。再过几个月，您就能够重新咀嚼，也能够吃固体食物了。几个星期后，我们再增加一次约诊。这个我想不会的，我暗暗地想。再过几个星期，我就不在这里了。

我在十八区信步，脸上和脖子围着一条大头巾，遮掩住疤痕。下着细雨，有风，是巴黎这种阴冷刺骨的冷，渗透到每一寸肌肤里去。我到了蓬蒂厄街，看到了俄罗斯签证服务办事处的那幢楼。VHS，签证服务办事处。我走进了大楼，我又一次在等待。我在脑子里掂量着我计划成功的可能性。在彼得罗巴甫洛夫斯克的医院病房里，我悄悄观察到，俄罗斯联邦安全局的探员在认真负责地填写档案。我清楚地记得，他写的是 Marten，而不是 Martin，还有，他写的是 Mastasia，而不是 Nastassja。这很好，西里尔字母 ① 和它的

---

① 西里尔字母是包括俄罗斯、白俄罗斯、保加利亚、南斯拉夫民族使用的文字。

冬

发音，当时我对自己说。这很实用，但愿他在档案里把我填成另一个人。但是这就够了吗？但愿这样就能奏效。我在脑子里不停地重复，就好像在静默祈祷一般。

我的号到了，我来到窗口。材料都合乎要求，盖章，付钱，注册管理系统（RAS），我得到了签证。

大颗的眼泪在妈妈的面颊上落下。我昨天从巴黎回来，我们在餐桌上，正午时分。我不知道除了直截了当的方式，还能怎么向她宣布这个消息。什么时候？两个星期后。我没有感染，X光片的结果也很好，没什么不清楚的地方：我可以走了。我继续说道，目前，在自己的国家生活对于我来说难以忍受，从大家眼里看到的同情只能让我聚焦眼下，并不能让我看得更远。我必须远离才能痊愈。离开这些人，医生、药方和诊断。远离抗生素，更要远离电灯的光。我想要黑暗，一个洞穴，一个避处，我想要蜡烛的光，夜晚，温和而经过过滤的光，外面的冷，里面的热，用来堵住门窗缝隙的动物皮毛。妈妈，我想要重新变回"玛杜卡"，下山回到自己的巢穴里过冬，积蓄生命的力量。而且，我还有一些仍然没有弄懂的秘密。我必须要回到那些了解熊的人身边去；熊会在他们的梦中和他们对话，他们知道一切都不是偶然，生命与生命之所以能够交汇，一定会有确切的理由。

妈妈哭了，但是她明白，事实上，这是我唯一的出路。而事后她的大部分朋友又让她产生了动摇，他们又在讲边界的问题。我之所以会遇到熊，因为我不知道在我和外界之间划好界限；我之所以不懂得设置边界，是因为妈妈从来没有能够教会我。这一次你应该威严一点，对你女儿说不。你应该给她设限，让她更理性一点，阻止她，约束她。可怜的妈妈，可怜的朋友。事实上，我从来没有喜欢过规则，从来没有喜欢过和他人一致，更讨厌所谓的礼貌。但是好妈妈，这一次我走，我希望你能够明白，在我和熊之间，不是所谓边界模糊或是暴力的事情，而是别的什么。我的妈妈坚持下来了，她不再动摇；她意识到女儿是与森林紧密相连的，她需要投入森林的怀抱，在森林里才能治愈。

幸好朋友中还有玛丽埃尔。冷静，恪守距离，很懂分寸。玛丽埃尔是搞法律的，可不是白搞的。玛丽埃尔是我们最好的朋友，既是妈妈的朋友，也是我的朋友。她有点怪，她只在城市里生活，打扮精致、说一不二，头发梳得一丝不苟，有时候有点装模作样。很奇怪的是，我觉得她能理解我关于野兽的问题。当她知道我又要出发的消息时，她用妈妈特有的语言，即行星和神话的语言和她交流，讲到共鸣，讲到通感。她和妈妈说起了阿尔忒弥斯，说起了森林，说没有森林，我有可能无所适从。她提到了珀耳塞福涅，[1] 她坠入黑暗之中是为了更好地迎接光明。她讲起了运动与二元性，讲到面具，讲到毁容之后重塑形象，讲到冬天后的春天。玛丽埃尔甚至有一次都把我讲哭了，因为她一边抚摸我脸上的红色疤痕，一边说，从此之后我代表的是森林女神。

12 月。我回到山间自己的家中等待出发。我透过窗户望向外面，梅耶峰 [2] 在雾霭中时隐时现。我尽量想忘记今天

---

① 希腊神话中的冥后。
② Meije，位于法国东南部，是阿尔卑斯山的一部分。

早上在停车库那里遇见没能认出我的一位朋友时，他的眼神。可怜的姑娘，他只是说。没那么严重，我回答说，接着我就钻进了来接我的农民朋友的车里。当农民朋友看到我脸上的泪水时，他说忘掉吧，到家的时候，他给了我一罐啤酒。

我看了一会儿书，想要写点什么，但是做不到。我拿出我田野工作的记事簿和黑夜之簿。我打开黑夜之簿，翻了几页。突然我停下了，感觉十分震惊。我恰巧读到我出发去堪察加之前写下的片段，那正好是在一年以前。时间似乎被悬置了。话语的力量①难道是无限的吗？

　　2014 年 12 月 30 日

　　在突然发生转变之前在另一个年份另一种生活
另一个我

　　简而言之另一个

　　我害怕得发抖

　　黑影如此深重，我在黑夜之中一无所见

---

① 原文为 parole performative，来自哲学家 J. L. 奥斯汀的术语"performative"（施为句），指通过话语而实现的现实。

冬

我的身体僵直不动，膝盖锚定在地上

脑袋折向大地

我在等待

等待内心的野兽重新站起来，宣告它的权利

等待它获取自身的力量

白日渐长，洞穴太过狭窄

走到光天化日下的时刻到来了

利爪再一次深入尘土之中

新的火山形成

一旦爆发

大地也会为之颤抖

　　苍白的天空中，雪花在盘旋。我在想，接下来会是什么。四个月，还有在等待我的森林。要到来的这一切，已经发生的这一切中的美好，就在于我什么都知道，而不再是一无所知。我会感受到小鸟的爪子在地面上跳跃吗？它们的翅膀在远处发出的窸窣响声，它们呼吸的质地？

　　有什么东西发生了

有什么东西来了

有什么东西向我扑来

我不再害怕

冬

春

Printemps

今天是 1 月 2 日。飞机的轮子碾过结冰的地面，发出吱吱嘎嘎的声音。我和其他旅客一起下机，来到停机坪，至少有三十名旅客。尤利娅和孩子在玻璃门后面等我。尤利娅并不和家人一起在森林里生活，她一年只在夏天的时候去四个月。她嫁给雅罗斯拉夫已经十年了，丈夫是个乌克兰裔的俄罗斯军人。自结婚之后，她就一直和丈夫、孩子们生活在堪察加最大的海军基地维柳钦斯克，在彼得罗巴甫洛夫斯克的南面。没有特别许可，维柳钦斯克是不许俄罗斯普通市民入内的，尤其是禁止所有外国人入内，不管有没有许可。但是尤利娅是我的朋友，我的姐妹，我的"朱丽叶塔"，是我在这混乱的城市里唯一想要交往的人。不管是寒酸的小旅馆，还是那种看上去很豪华，但实际上墙壁和装饰都是混凝纸的饭店，我都不愿意去，唯一万个愿意跟随我的朋友到位于火山下的峡湾之上的，她的监牢里去。

我们穿越了 40 公里来到基地，我已经认出海边背靠着火山的那些楼宇了。检查站就在不远处：我们在检查站之前，公路上一个隐蔽的角落停下了车。我们从后备厢里拿出了水壶和一堆包袱皮。我在前排座椅和后排座椅之间侧身躺下。尤利娅和雅罗斯拉夫把包袱皮铺在我身上，然后在上面乱七八糟地放上水壶，这样就看不见我了。我度过了极为可怕的五分钟，不过经历过这几个月的一切之后，这五分钟在我看来简直是闲庭信步了。我听见大兵的声音，接着是尤利娅老公的回答。我听见皮靴——我想应该是黑的——在沥青道路上发出的声响。后备厢打开了，他查看了后备厢里的货物。没问题。*Khorocho, dosvidania*，很好，再见。我们又重新上了路。感觉入了"狼嘴"；是另一种形式的狼，如果真的追上你，肯定比犬科野兽更加难以摆脱。我对自己说，好的一面在于，在这里没人能找到我。处在一堆从冷战里死里逃生的潜水艇中，到处都是穿着制服的军人，很显然，我能够藏得很好。这是我和尤利娅共同想出的战术，我们都是倔强的女性，相信最危险的地方就是最安全的，应该藏在敌人酣睡的房间里。你要一直往前，直至能够在你身上感受到他的存在，你要感受，他中有你，你中有他，如果你足够强大，你就能驯服他，征服他；有一天，当你理解了他的逻辑，你就得到了自由。

我把脑袋伸出那一大堆包袱皮，水壶已经散落得到处都是。我们放声大笑。连雅罗斯拉夫都不禁莞尔。犯规拉近了我们的距离。雅罗斯拉夫转过身，他的蓝眼睛直视我的眼睛。妈的你这个法国女人，你曾经打跑了一只熊。如果不能骗过那个当兵的，那我们岂不是颜面无存？我们的笑声震得车子发颤。接着尤利娅擦去眼睛下方欢乐的泪水，将手指放在唇上，恢复了严肃的神情。别忘了，娜斯佳，公共场合不要说话。商店里，别开口。否则别人有可能听出你的法国口音。如果你什么都不说，不会有人怀疑你不是俄罗斯人。

闭嘴。你是你。杀了你。为什么不呢。当我们从灰烬中得以重生，一切都是可以的。

透过窗户能看到军港，港口里泊着返岗修理的潜艇。周围都是在锈迹斑斑的机器间忙碌的军人。海湾整个结了冰。空气冰凉，冬日的光线中闪烁着雾凇，在大海上方是玫瑰色，而在对面的火山上就成了紫色。屋子里非常热。那么热，以至于不得不打开一点窗来透口气。温度调节不了。俄罗斯城市的冬天就是这样的，娜斯佳，尤利娅对我说。

公寓有两间房，一个厨房。一块简陋的棕底红花地毯。小浴室里有一个木鞋形的浴盆。隔板上从上到下都是斑斑水迹。裸露在外的电线。墙上和天花板上都是裂缝。厨房，小小的，是这个世界的核心。那里有张小桌子，米色塑料桌布，上面也有花朵的图案，四张方凳，一个煤气灶，一个水槽，小窗户朝向一座大楼的背面，可以望见楼顶上堆着好几米高的积雪。我们就是在这间厨房里，和尤利娅一起度过了大半夜的时光，谈论女人的故事，谈论政治。我们缓慢而坚定地喝着伏特加，以每小时一小杯的速度。她给我看森林的照片。这张，是妈妈在做鱼；这一张，是伊万在钓鱼；那里，沃洛迪亚在照料马匹。啊，看这张，是两年前，你和妈妈在喝茶，你还记得吗？是的，我当然记得我的尤利娅，回忆就是我的职业。待到夜里的某一个时刻，话说尽了，瓶里的酒也喝完了，我准备去睡觉，和瓦西里娜睡一张床。她希望和我一起睡，我也如此。醒来我们一直赖在床上，一起窃窃私语。她抚摸着我的短发，这让她觉得很好笑，这不太一样，她说，但是很好玩。然后她和我说起了特瓦杨的森林。她在想，这会儿他们在做什么。瞧，现在是早上十点。可能外公在做饭，可能伊万打猎回来了，也许他们去找柴火了。

春

当然只是也许。

接下来的时间，瓦西里娜画画。她画树、河、狐狸、特瓦杨的房子、鱼。她勾勒出不在场的人的轮廓，为他们上色，乐此不疲。我喜欢画画，因为这样就可以逃离这里，她对我解释说。爸爸说不能老是做梦。你怎么想？我思考了一会儿。我想我们不应该回避隐藏在我们内心深处的、尚未完成的东西，应该直面它。可我不知道该如何用简单的语言来表达，于是我说：瓦西里娜，如果长大意味着看见自己的梦想一个个死去，那么长大就成了死亡。当成年人试图让我们相信，格子已经在那儿了，就等着去填满它们即可，最好不要去搭理他们。

今天早上我离开了。驾车的是雅罗斯拉夫的一个朋友，在我看来他车子开得太快了一点，一辆绿色的、锈迹斑斑的越野。我不喜欢这个叫科里亚的人。他长着一张红彤彤的、松弛的脸，额头上总是有大滴大滴的汗珠。但是我没有选择：尤利娅和雅罗斯拉夫身边立即得空的就这么一个，当时匆匆忙忙地谈了个很低的价钱，他送我到距离这里八百多公里的森林入口。我们在米尔科沃歇了一次脚，重新补充了水、汽油和食物，当时天已经黑了。一连串斑斑裂痕的水泥营房，侧面墙上画着加加林、苏联、星星、镰刀、锤子：这一切都还不是很遥远。就像在苏东的其他地方一样，在米尔科沃，这一过去只是昨天而已。在商店里，我尽量把我的抓绒围脖拉上去，但还是没能完全遮住右半边红肿的脸颊。收银员看着我：你牙疼吗？是的，我就是牙疼。坚持住。我们再次钻进了车里。

结冰跑道上的越野车。八个小时在冰天雪地中的颠簸。道路尽头终于出现了一道亮光：萨努奇营地终于到了。我辨认出了明亮的灯塔，跑道边停着一辆雪地车。于是我松了一口气。我费力地从车座上爬起来，我脸疼，头疼，哪儿都疼。我看到他了，他在黑夜里等我，伊万。我瘫倒在他的怀里，几乎控制不住自己的眼泪，我想要马上和他倾诉所有的一切，这一切有多么艰难，我差点死在那里，我身上带着熊留下的印记，我是多么孤独。但是我什么也没有说，因为大家都在看着我们。两个萨努奇检查站的俄罗斯人，矿场的保安。他们站在营房的门口一边抽烟一边观察我们。看上去他们不大明白究竟发生了什么。两个看上去截然不同的陌生人，就像同一个家庭的成员一般抱在一起。

我必须就接下来需要面对的寒冷旅途有所准备。我向检查站的哨所走去，靠近了那两个家伙。这样看着，检查站就像是一个冰天雪地中让人安心的灯塔。但那是多么美丽的幻象啊，自从以前的那个哨兵阿里克谢走了之后，萨努奇就再也不是我们的庇护所了，也不再是深夜里欢迎我们回家的一簇灯火。它只是两个世界之间的一个无人岛。萨努奇，只是冥河和守护它的地狱犬。

我说你们好，好吗？我问候道，因为我要进去换上厚重的衣服。检查站两个俄罗斯人中的一个终于认出了我。娜斯佳，是你吗。嗯，是的。同样的同情的眼神。进去之后，我脱掉了便帽，先是套上了兜帽，然后再在外面扣上驯鹿皮的皮帽，这顶帽子是达利亚，伊万的母亲给我缝的。那个认出我的家伙——我记不得他的名字了，因为我也不喜欢他——盯着我差不多是棕色的短发看。他一边抽烟，一边用目光细细审视着我。你那美丽的金发哪里去了？混蛋。我忍受着他的打击。多不幸啊，他接着道。是的，我简单地回答道。他开始大声谈论在山上的森林里生活的原住民，说他们那么穷，一无所有，没有房子，也没有电，就在树下或者树洞里窝着，像野兽一样，他进一步说。看到我又一次要回到那里，他显示出一副厌恶的样子。我不再听他说下去。我已经装备好了，我想起了那条白色的巨犬，它叫莎曼，几年前，就在这里，它保护了我和查尔斯，让我们避开熊的攻击，它有一双那么温柔的眼睛，在一个狂欢的夜晚，就是这个粗暴的家伙杀死了它。可怜的莎曼。可怜的阿里克谢。如果阿里克谢知道，他一定会痛苦得发疯。逃离，快一些，我对自己说。

伊万打开门的时候，一阵狂风暴雪刮了进来，快点，我们还有路要赶，时间已经晚了。两个男人互相打量了一番，什么也没有说，萨努奇检查站一片寂静。我收拾好自己的东西，以最简洁的方式打了招呼，走到外面。我在雪车的毛皮上安顿好，戴好连指手套，抓好套绳。马达轰鸣。身后惨淡的灯光消失了，夜色越来越黑。我们走进森林，我闭上眼睛，任由寒冷把我渐渐冻住，我呼吸着空气。

束缚我的锁链在萨努奇的小棚屋前，在那两个混蛋的脚下已经被埋葬了，从此之后再也没有任何东西可以束缚住我

春

的手脚。我的脸上布满了泪水，泪水在脸颊上冻成了冰。我感觉到世界已经被我抛在了身后；那只是世界的一个版本，我的世界。在那个世界里，我无法适应；我无法理解我自己。

三年前，达利亚和我讲述了苏联的解体。她对我说，娜斯佳，有一天，灯光熄灭了，精灵回来了。然后我们出发去了森林。冰冷的夜晚，在我的雪车上，我一直在想这句话。在我的家乡，灯光从未熄灭过，精灵都逃走了。我是那么想灭掉灯光。而我，在这天夜里，我再次出发进入了森林。

午夜时分，我们抵达了玛纳赫营地，那是埃文人家族的第一个狩猎营地，这些年来我一直和他们在一起。伊万的舅舅们在等我们。我们静静地喝了茶。你能活下来，很好，阿尔帖木终于说道。不要恨它。你知道的，因为它们……它们和我们一样。我知道，我回答说。我并不是很想说话，他知道，也感觉到了，于是他不再说话，准备去睡觉。明天你回来的时候会是另一个人。

　　天亮之后，我从棚屋的小窗户向外望去，我看到在离我们不远的树间，停着一辆"暴风雪"，橘色好像比之前的那辆更鲜艳一些，气动的。这是什么？我笑着问。是它，他回答我说。戏弄的眼神。我们到特瓦杨的坐骑。昨天的"暴风雪"是阿尔帖木的，今天的是我的。啊。那它能走吗？我表示十分疑惑。它是滚动向前的，当然。它是滚动向前的？我们把食物堆放在雪车上，然后再把我的背包放在上面，最后我坐了上去。伊万和往常一样，他旅行时总是什么都不带。我们出发了。整整一天，我们吵吵嚷嚷地在树间行进，我们向西，伊钦斯基火山在我们身后渐行渐远，随之远去的还有伊查的源头河，它们穿越了我们所在的广阔森林，最终汇入鄂霍次克海。需要穿越 100 公里左右的路程。中途我们停下来放松一下麻木的双腿，暖暖脚，也为了修理一下出故障的"暴风雪"，时不时地冷却一下过热的发动机。伊万脱下他的无指手套，把手放入发动机，把摇摇欲坠的零件用绳子再捆得紧一些，然后再戴上手套。他笑着。你瞧，这里什么都没有变。"暴风雪"有点像是驯鹿。你也得用绳子来套它！我们再次上路。在大风之中温度差不多是在零下五十度。我想起了风雪之下的木头棚屋，想到屋里升起的火堆，还有等着我们的达利亚。特瓦杨这是世界真真切切的尽头之一。

　　我们到特瓦杨已经好几天了，我尽量无所事事，甚至希望停下思考。今天早上，我对自己说，必须要不再——不再理解不再痊愈不再看不再知道不再预判，立刻。在天寒地冻的树林深处，我们是"找"不到答案的：我们首先要学会的是搁置我们的推理，听凭自己被节奏，生活的节奏带动，在这里，生活节奏围绕的核心是在冬天的森林中存活下来。我试图在自己的内心找到这样一种寂静，如同笔直矗立在外界，在寒冷中岿然不动的大树一般的寂静。我向后转，突然转身，沿着我来时的脚步折返回去，就像迷惑追逐者的紫貂。我不知道自己要去哪里，也许哪里也不去，就在自己的洞穴里，而这已足够。我衡量着周围这片天地的广阔程度，我在里面做一些日常生活中的小手势，这是一种无尽的耐心的表达，是始终保持温暖等待春天绽放的人类所特有的手势。

每天，达利亚都会为我剁驯鹿肉，析出骨髓，给我切成薄片的生鹿肝（有助消化）、生鹿心（有助伤口愈合）和生鹿肺（有助呼吸）。如果正好在杀驯鹿，她还会为我倒一杯热的鹿血。我比以往在这围墙之内的任何时候都要脆弱，也正是因为这个原因，今天我"看明白"了。他们日常来来去去的节制之美，他们些微小举动的必要性，他们彼此之间以及他们在对待我时的审慎。最终我得以被这日常生活的节奏所带动，觉得自己一步步地拆解了将我带向野兽之吻的脚步。

孩子身上有一样东西，是成人终其一生遍寻不得的：避处。有时应该在自身周围重建子宫壁，让营养源源不断地汇聚于此。我会有一种奇怪的感觉，那就是我们在遭遇失败的时候，世界就会借助命运的打击把我们送回到那里，外界的某样东西让我们想起内在的生活，将我们关进从理论上说似乎凄惨的封闭空间，事实上它却具有救赎的意义。四面高墙，一扇小门，有限的交往——流放在小岛上的雨果在当地面对大海写下诗篇；索尔仁尼琴在佛蒙特州的树林里回忆起了俄罗斯的故事；在监狱里的托尔斯泰躲过了死亡，开始写作；棚屋里的劳瑞①面对大海，收集他所在的无形世界的声音。而我，在几乎是死里逃生之后，在我的火山下，在我的森林里，在他们完成的这些之外，我又能做些什么呢？除了勇敢地往外跨一步，看清楚这一切，看清楚在我内心搏动的这些符号，向我宣告欧洲的矛盾，欧洲的疯狂，它的悲剧以及它的无法复制的符号，我又能做些什么呢？我看到了野兽的那个**截然不同**的世界；看到了医院里那个过于**人性**的世界。我失去了我的位置，我想要寻找一个中间地带。一个能让我得以重建的地方。隐退到这个地方应该有助于我的灵魂重新站立起来。因为必须进行重建，重新建好世界之间的桥梁和门；因为放弃从来都不是我内心应有的词汇。

---

① 可能是指英国作家马尔科姆·劳瑞（Malcom Lowry，1909—1957）。

现在是早上五点钟。

我听到达利亚在吹气，准备重新点燃炭火。我从睡袋中起身，睡袋上还盖了被子，我跨过席地躺在动物毛皮上的小伙子们，在达利亚身边的一张小方凳上坐下，她正对着一口锅。我们默默等待；水终于开了。热茶温暖了我们的身体。接着她看向我，在黑暗之中笑了一下，一个节制、羞涩的微笑，一个充满爱的微笑。她低声道，有时候，有些动物会给人类送上礼物。如果人做得好，如果人在他们的一生之中懂得倾听，如果人的脑子还没有被太多的坏想法占据。她垂下眼睛，轻轻叹了口气，然后她抬起头，又笑了一下：你，你就是熊给我们的礼物，因而它们让你活着回来了。

我坐在伊查河岸的漫天大雪中，我在想达利亚的话。我不喜欢我此刻感觉到的东西，我想把我的恼怒扔进水里，埋

　　　　　　　　　　　　　　　　春

在冰里。我有些混乱，因为我从达利亚的话里听出了两样东西。第一样让我感动，深深地触动了我，让我确认我在特瓦杨存在的价值。可第二样又冒犯了我，激起了我内心的反抗，想要让我再一次逃离。

首先是关于让我感动的东西。这里有别的什么东西，和我们在西方相信的东西不一样。达利亚他们都很明白，森林里除了他们之外，还有很多生命，也在这里生活、感受、思考和倾听，在他们周围，其他力量也在起作用。在这里，有一种人类之外的意愿，不受人控制的意愿。我们身处一个"无处不在社会化，因为人类的足迹一直没有停下"的环境，我以前的老师菲利普·德斯克拉会这么说。他恢复了"万物有灵"这个词，用来定义和描述这样一种类型的世界：在这条道路上，我和其他生灵，我们的身心彼此追随。在"熊给我们的礼物"这句话中，暗含着这样一种想法，就是和动物的交流是可能的，尽管这种交流只有在罕见的情况下才会以可控的方式发生；这句话还告诉我们，很明显，我们生活在一个一切都可以被观察到、被听到、被回忆起、被给予和重新拥有的世界里；这句话里还有对除我们自己之外的生命的关注；最后，这句话也说明了为什么我会成为一个人类学家。

为什么你愿意和我们生活在一起？在我们初次见面后的几天，达利亚曾经问过我。就为这个，我说。因为还有一些并未消失的传统形式，和你们在一起，这些传统形式就变成了眼下的现实。但是这还不是全部，而这正是我心中伤痛所在。现在可以来谈谈在我内心激起反抗的那一面了。当达利亚说，将活着的我安全地交还给人类，是给他们的礼物，熊和我，我们又一次成为异于我们自身的其他东西；我们相遇的结果是说给不在场的人听的，说的是不在场的人。我绞尽脑汁想要看到在冰面下流动的河水，但是这很困难，因为冰面很厚。我对自己说：一头熊和一个女人，作为一个事件来说太大了。太大了，所以只能立刻将之放在这个或者那个思想体系里；太大了，所以只能放在某种特殊的话语中，或者至少将之融入某种特殊的话语中来使用。这个事件必须变成可以接受的事件，必须要被**吞下**，然后被**消化**，这才能得到意义。为什么？因为"这个"太难想象了，"这个"超出了可以理解的范围，超出了所有的理解范围，甚至在堪察加半岛上的森林深处生活着的埃文猎户也理解不了。

春

既然如此，既然我不得不进入这些人或那些人的范畴，就像一个三角要进入一个圆，或者一个圆要进入一个正方形，那么我，为了不成为那个我并不是的方或者圆，我就要暂时搁置我的判断。因为它是为我突然出现的，我的出现也是为了它。让意义这么悬浮着非常困难。对自己说清楚很困难：我并不清楚，这场相遇意味着什么，我将被假定为熊的世界中的期待放在一边；我将不确定视作礼物。真正需要的，是围绕这些被置于阴影的保护下，被一片空白包围的地点、生命和事件进行思考，在关系简表无法包容的、无法结构化的各种体验的交汇之处进行思考。这就是目前的状态，我的和熊的。它成为大家都在谈论的焦点，但是没有人能够真正地抓住它。正是出于这个原因，我总是受阻于各种简约性的，甚至彼此之间甚为矛盾的阐释，不管这些阐释看起来有多么迷人：因为我们面对的是语义的空白，是画外的，关系到所有的团体，可又让所有的团体感到害怕。这也就是为什么，有那么多团体急于给这个事件贴上标签，想要定义它，限制它，给予它以某种形式。不能任凭不确定性在这一事件的上空飞翔，要让它标准化，让它不惜一切代价进入人类集体。然而，熊和我，我们谈论的是极限性，哪怕这很可怕，但是没有人能够对此有所改变。在我身后树枝发出吱吱嘎嘎的声响，有人来了。我做出了决定：随他们说什么。我反正要住在这个无人之地。

　　肩上出现了一只手。还好吗？挺好的。伊万在我身边坐下，在漫天大雪之中，他拿出一支烟，点上。你要来一支吗？为什么不呢？我们静静地抽着烟。你在想什么？我闭上眼睛，刚才内心翻腾了这么久，我却一句话都说不出来。突然之间，思绪涌上心头。我低下脑袋，把脸埋在双膝间，泪水开始在我的脸颊上流淌，很快就簌簌滚下。我听见自己的骨骼发出吱嘎的响声，我的牙齿也咬碎了，紧咬着的下颌松了开来，这简直难以承受，嘴巴里涌出鲜血的味道。啊呜呜呜呜呜呜，我在两声呜咽之间呻吟着。伊万叹了口气，左臂环过我的肩头，扭曲着身体从右边口袋里拿出一根烟。火光，烟雾。你又看见它了？他问。是的，所有的，整个场景又重来了一遍。很难过，我回答说。我擦去泪水，从他的怀抱里挣脱出来，回放正在渐渐从我眼前消失，我大声呼着气。来，我们去喝一杯茶，你都要冻坏了。他把香烟扔到冰面上，拽着我的胳膊，帮我站起身来，我们转过身，回家。

　　　　　　　　　　　　　　　　　　　　　　　　春

我的胃里塞满了驯鹿肉，感觉很好。屋里热得几乎难以忍受，但就是这样的，晚上，在睡觉之前，冬天的棚屋里，必须把炉子填满够烧一夜的柴火。黑暗中，我躺在驯鹿皮上，但是我没有盖被子，小伙子们就睡在我右手边，睡在其他的动物毛皮上。达利亚坐在我身边缝着什么。娜塔莎和瓦西亚，达利亚的女儿和女婿（女婿比达利亚的年龄还要大，已经有70岁了）才到，他们正在火炉边准备自己睡觉的地方。*Polovaïa jizn*，伊万总是笑着说，意思就是在同一个地面上的生活。

　　我回想起今天早些时候发生的一切，轻微的声响中，我昏昏欲睡。正在半梦半醒之际逗留，突然之间门帘掀起。我睁开眼睛。我看见野兽开始横穿我的梦境；它看见我拦住了它的路。一切都在彼此交换的眼神中，已经预示了即将发生的一切。就像这样看着，已经很明显了。我为自己微笑。我可以让我们接受这一切，我对自己说。野兽咬了我下颌是想要给我回话。正想到这里的时候，我睡着了。

漫天大雪中马儿在奔跑。有很多马，也许有一百多匹。我是独自一人站在冻土平原的中央。马儿扑向我，一团雪云升起，我什么也看不见了。我闭上眼睛，做好受到撞击的准备。但是没有发生，我感觉到右侧、左侧都是它们的气息，一波又一波，接着就没有了。我转过身，白色的云团渐渐远去，最终消失。

我睁开眼睛。小伙子们的呼吸非常均匀，还是黑夜。达利亚躺在我身边，她在看着我，睁着双眼。你做梦了，她呢喃道。是的。这次看见了什么？马，雪中有一百来匹马。很好，她说。马是好兆头。它们并不遥远，它们和你说话。可它们什么也没说，我回答道。它们说话并不是用词语，因为你也许没有听懂它们的话。如果你看见它们了，就说明它们在和你说话。

我想起了克拉朗斯，阿拉斯加育空堡的一位哥威迅族[①]

[①] Gwich'in，北极原住民之一，现在主要居住在加拿大、美国的北极地带。

智者，他是我的朋友，我在他的村庄生活的那几年里，他是我非常珍视的一位对话者。每次他说，一切都是"记录在案"的，说森林"得到了一切信息"时，我都会用打趣的眼神看着他。"一切都会随时被记录下来"，[①] 他总是说。树、动物、河流，世界的每一个部分都会记住我们所做的、所说的一切，甚至有时候，还会记住我们的所梦所想。正是因为这样，我们在表述自己的想法时要尤其注意，因为世界什么都不会忘记，组成世界的每一个元素都能够看到、听到和知晓。所有发生的事情，所有突然发生的事情，所有正在孕育的事情。外在于人类的生灵有种警惕，它们总是准备好要超出人类的预期。同样，我们存放在外部世界中的每一种思想形式也会与赋予环境的古老故事交织在一起，加入故事中，加入居住于环境的万物已经构成的布局之中。

在克拉朗斯看来，存在着一种无界限的东西，与现时是并行的，梦的时间，它受到我们仍然在不断延展的历史的每

---

① 原文为英文：Everything is being recorded all the time。

一个碎片的滋养。在这个世界上，有一种潜在的东西，它在翻腾着，类似于火山下埋藏的、等待着的火山岩，总会有某样东西强迫它自火山口迸发出来。正是因为这个，在黎明时分，在尚未醒来的蒙古包内，当达利亚和瓦西亚讲述自己的梦的时候，他们会压低了声音喃喃低语。你担心惊醒别人么？有一天我问道。不，我是不希望它们听见我们说的话，达利亚回答说。

和森林一起做梦，这不是一件安逸的事情。我曾经以为熊的事件之后，梦会安静下来，甚至也许会停下来。我曾经想过。度过那些漆黑的夜晚，什么也没有，只有睡眠，不用在黎明前汗津津地醒来，在凌晨的时候脑袋里满是无法理解的画面，然后一整天都在想这些画面意味着什么。然而，梦却在继续。

这不是因为我不理解自己究竟遭遇了什么，自己正在经历什么。九年以来，用克拉朗斯的话来说，我一直和那些"出发去更远的地方做梦"的人在一起工作。你肩膀上扛着帐篷是做什么？五年前，当克拉朗斯偷偷摸摸地出了育空堡走向森林的时候，我问他。我在这里什么也听不见，什么也看不见。太吵了，太安逸了，太多的家庭成员，而其他生灵太少。**太大惊小怪了！**[①] 我出去做做梦。好，我记了下来。随着时间的推移，我在那儿也开始做梦了，但只是一点点。一匹狼在暗色的云杉间奔跑，我跟在后面；一只海狸跳入育空河的冰堆里，召唤我随它一同跳入。并没有什么惊人的内容，于是，我对自己说，只是一些我作为人类学家所必需的同理心的简单表现而已。

　　这一切是在我到了火山脚下，和伊查地区的埃文人在一起之后，才彻底改变的，或者说，梦变得又多又厚重。我开始不停地做梦。达利亚并没有觉得这有什么好惊慌的，就像哥威迅族的克拉朗斯一样，她觉得，我在她的家里做梦是很平常的事情。要做梦的，必须要换了地方，她有一天对我说。因此我从不会在家里待太长时间，她继续说。你，你离家那么远……你看到那么多东西，这一点也不奇怪，她最终总结道。很好，开始的时候，我这样对自己说，这样可以成

---

① 原文为英文：Too much fuss!

为一个很好的写作主题，应用于梦境的万物有灵，灵魂的渗透性，各种错综复杂的本体论，不同世界之间的对话，梦境的平行性，谁知道还会有什么。

多么自大的想法！居然相信内心的激荡不会真的将自己逐出自身之外。身无一居所，[①] 我于是做了这个梦。在居所之外，在家庭之外，在日常生活之外。就像达利亚和克拉朗斯宣称的那样，试图和外界建立联系；我想说的是有效的联系。但是，这究竟是为了走向谁，走向什么呢？

我躺在一头熊的肚皮上，它用一只爪子围住我，保护我。这是一头灰色的、壮实的熊。我们讨论了很多事情，我们用的是同一种语言。熊的身体和我的身体纠缠在一起，不分彼此，我的肌肤在厚厚的熊毛下消失不见。我们安静地聊着天，但是突然，当第二只熊，第三只熊接着来到我们的房

---

① 此处原文为 A-gîtée（直译为："无/反—居住"），与此前的"agitation"（激荡）形成文字游戏。

间（我们躺在一张床上，也不知道是在哪里的屋子里）时，我感受到一种暗暗的恐惧。一只是黑的，一只是褐色的。这两只熊更年轻，也更小一点，它们紧挨着我，我突然之间就感觉自己受到了威胁。我观察着它们的爪子，它们的牙齿，它们身上的某种暧昧性，与我的暧昧性形成了一种共鸣，我对我们的这种相遇不那么确定了，我感到害怕。

我在特瓦杨遇到熊之前就**看到了**这个梦。达利亚说，那些黑夜的景象并非总是单纯的投射。是记忆之梦或是欲望之梦。还有一些其他的梦，就像这个关于熊的梦，还有今天晚上关于马的梦，这些梦我们无法控制，但是这是我们等待的梦，因为这些梦与外界的生灵建立了一种联系，开启了一种对话的可能。为什么这如此重要呢？因为它们使得人类在白天的时候有了方向；因为它们赋予未来的关系以某种调性。与某种事物一起做梦，就是得到信息。正是因为这样，我们总是守候着，等待长途旅行或者狩猎归来的人，经过很长时间，从别的什么地方归来的人；正因为这样，达利亚总是在夜半守候着我，潜心研究那些我熟睡中出现的，不会欺骗我们的符号：颤抖，突然的动作，呻吟，汗水。

今天早晨，才走出梦境，达利亚就把我拖了出去。来，和我一起去森林里放捕兽器，别和那些男孩在一起，她对我说。好的。达利亚是个女斗士，真正的斗士。在特瓦杨，那种男人狩猎、女人在家做饭的所谓传统观念完全不存在，都是西方人编造出来的美丽谎言，他们还挺自豪的，因为自己社会的所谓发展以及对性别角色的超越。而在这里，不管男女，大家什么都会做。狩猎，钓鱼，做饭，洗衣，放捕兽器，出门打水，采浆果，砍柴，生活。在森林里过日常生活，就**必须**一点儿格楞不打地轮流扮演好这些角色；人们不停地来来往往，他们日常的游牧生活使得他们必须在任何一个时刻能够做一切事情，因为是否能够生存下去取决于在家庭某个成员缺席的时候，他们分担任务的能力。

　　我们深入雪地之中，我们甚至没有带上滑雪板，因为我们急着悄悄跑掉。我们跨越了支流。陡峭河岸边彼此紧挨着的白桦树间只有很狭窄的一点空间，我们在其间穿梭，想要

　　　　　　　　　　　　　　　　　　　　　　　　春

尽早地躲进高大的树丛。我们艰难地行进，接着达利亚突然停住了，抬头看向拦住我们去路的一棵大树的树梢，她笑了。她指着树干上的一个树洞。那儿，她说。我们轻扫了树洞周边的积雪，我从背包中拿出铁制的、已经生了锈的捕兽夹，递给她。她放好，在上面放了一点三文鱼尾作为诱饵，上好捕兽夹的机关。*Vot*，好了。我们坐一会儿？于是我们坐下了。她坐在我对面，看着我的眼睛。娜斯佳，她开始说，在遇到熊之前我曾经和你说过，你一直在做梦。你瞧，这一切仍然在继续。真狡猾啊，我对自己说。我就像是一只老鼠，被捕兽夹抓住，占据了本该是紫貂的位置。她继续道：不是所有人都能做到。在遇到熊之前你已经是玛杜卡了；现在你是 *miedka*，"米耶德卡"，半熊半人。你知道这意味着什么吗？这就是说，你的梦既是它的梦，也是你的梦。你不该再离开了。你应该留在这里，因为我们需要你。

我们沿着雪地里来时的足迹回了家。紫貂也许会跳到这棵树上，然后再跳到那棵上。接着，它一定会在地面上转个圈，在那儿，它会看鱼，达利亚评论道，*Vidno boudet*，我们走着瞧。我们得在两天后来验证一下。是不是有人落在这陷阱里。我在她身后一边摇头一边轻笑，跟着她的脚印。已经有人踏上了这陷阱，你知道的，我低声寻思着。我本该有所预料的，这有可能发生。只是时间问题。我们已经落在陷阱里了。我在想还能怎么办，我又一次感到很恼火。我知道的是，六个月前，正是这些梦让我从这里逃离，也是这些梦把我送入了熊嘴里。我再也不想重新再来一遍。与它**同**梦让我感到非常害怕。

"让过去挣脱它日复一日的轨道，这就是我们颇为奇怪的任务。将我们自身释放出来——不是从过去的存在中释放出来——而是从过去的连接中释放出来，这就是我们奇怪的、可怜的任务。从已经过去的一切，从已经发生的一切中解开连接，我们简单的任务就在于这里。"十年前，我开始读帕斯卡·基尼亚尔，[①] 当时我在阿拉斯加做田野。可以说，这一片段尚未完全获得它的意义。

---

① 帕斯卡·基尼亚尔（Pascal Quignard，1948—   ），法国作家，曾获法兰西学士院小说大奖、龚古尔文学奖，著有《罗马阳台》《世间的每一个清晨》等。

不能否认，在与熊相遇之前，我的世界已经完全改变了。"与世界之间的关系的一种改变"，这是我们用来定义疯狂的一种颇为智慧的方式。究竟是怎么回事呢？是一段时间，一段或长或短的时间，在这段时间里，我们与外界之间的界限渐渐消失，就好像我们慢慢蜕变，好进入梦的时间深处，在那里，一切都没有稳定下来，不同存在之间的边界还很模糊，一切皆有可能。

在弄清楚为什么今年夏天要逃出森林之前，首先需要解决的，是几年之前，我如何逃离自己的世界，奔向森林。一个非常庸俗的想法在我的脑海里盘旋了很长时间：没有人注意到安托南·阿尔托①的话，可是他说的很有道理。必须走出我们的文明所带来的改变。但是毒品、酒精、忧伤，最后还有疯狂和（或者）死亡并不是解决办法，必须找到别的什么。这正是我在北方的森林里寻找的东西，我只找到了一部分，至今仍然在继续追寻的东西。

我是一个人类学博士，在这个领域得到大家的认可。我有一个伴侣，生活在山脊之上。一个位于山里的家。正在写

---

① 安托南·阿尔托（Antonin Artaud，1896—1948），法国戏剧理论家、诗人、演员。

一本书。看上去一切都很好。但是有什么东西在折磨着我，在我的腹部一点点地啃噬着，脑袋滚烫的，我觉得自己仿佛已经末日来临，也许是循环的结束。意义变得苍白，我感觉自己的内在就像我在阿拉斯加和哥威迅族人生活在一起时所描述的那样：我已经认不出自己了。这是一种非常可怕的感觉，因为我觉得，我身上发生的，和我研究的那些人一样。我日常所拥有的那些形式开始分裂。我的写作陷入困境，我再也没有什么有趣的东西要说，没有什么东西是值得的。我的爱完全消散了，尽管词语仍在尽管山峦陡峭尽管山峰依然严苛依然冷漠。我的脑袋里徒然转动着种种念头，我用体力上的探险来平衡，但是没什么可做的，我日渐消沉。

如果我告诉心理学家，外界发生的一切对我产生了多么大的影响，他们当中应该会有很大一部分都认为我疯了吧？灾难频发让我感到震惊？我竟然感觉对任何事情都失去了掌控力？啊，竟然这些都是促使您对高山产生依恋的原因！是的，正是在那里变得更加严重了，连高山都崩塌了。因为缺乏凝聚力，因为冰雪融化，因为天气过于炎热。支撑点断裂，岩石掉落，这就是事实。朋友跌落在岩壁下。我是不是正在编造一个糟糕的登山者的隐喻？我并不这样认为。我不能准确地描述它，但是我很确定的是：有什么东西引起了我内心的共鸣，有什么东西让我感到疼痛，让我迷失。

如果我内心的混乱能够被简述为某个无法解决的家庭问题，比如父亲过早离世，或者母亲那些过高的期待，等等，那可能就会简单很多。从此之后我也就能"解决"我的沉沦。但是不。我的问题就在于，它不仅仅是我的问题。我身体所表达出来的忧伤来自世界。我想是的，我们有可能成为"吹过我们的风"，就像劳瑞讲的那样。回不来是很常见的，就像他，或是别的很多人。我重新见到伊查地区的埃文人，我和他们一起在森林里生活，原因并非是要进行比较研究。我懂得一样事情：世界是同时坍塌的，到处都一样，尽管表象有所不同。在特瓦杨，我们就是能够在意识到已经是废墟的前提下生活。

每天早上，我都将水桶扔进特瓦杨斯卡娅（Tvaïanskaïa）

的水洞里。我喜欢看水在冰面下流淌。这个洞直径在 50 厘米左右，就像是一扇窗，一扇天窗。世界上的某一个点，在这个点下面，一切还在流动，而在表面上，一切都是凝固的，稳定得令人绝望。不要相信眼下所看到的一切，每次我都是那么想。要看得更远，看得更深，看见隐藏的东西。

我接受一点，那就是我们生活在其中的世界是有一种方向的。有一种节奏，一种方位。从东到西，从冬到春，从黎明到夜晚，从源头到大海，从子宫到光明。甚至有的时候我会想起哥白尼。因为断言地球并不按照我们所认为的方向转动，断言世界转动的方向不是可感知的方向，而是和我们感受到的方向正相反，他在他的时代犯下了冒犯君主的罪。哥白尼的直觉是否关乎回归的问题，关乎生灵不合逻辑地想要回溯到它们源头的问题？河流汇入大海，但是鲑鱼却逆流而上，寻求死亡。生命在母亲的肚子之外生长，但是熊回到地洞来做梦。大雁在南方生活，但是重新征服了它们出生的北极的天空。人类走出洞穴和森林，建造了城市，但是有些人半路折回，再一次居住于森林之中。

我想，应该是有点什么不可见的东西，将我们的生命推向未可逆料的地方。

　　瓦西亚将茶倒在碗里，对自己感到很满意。他刚才带回了三条鱼；已经三个星期了，达利亚总是笑话他，因为达利亚能够做有预见性的梦，而且在钓鱼上也颇有成效，而他每天回来都是嘟嘟囔囔。娜塔莎在做面裹鱼，油在锅里噼啪作响。下午的这会儿，棚屋里几乎没什么人。伊万去抓松鸡了，沃洛迪亚去找柴火了。达利亚也在外面照顾狗。瓦西亚和我将胳膊撑在小矮桌上。自从他来了之后，我还没机会和他好好说说话，我知道他等这个时刻已经等了一个星期，我看着他的眼睛。*Chto, skaji*，那么，告诉我。我和他说着话，他一边围着炖锅在转圈，一边问我这儿那儿是不是还疼，他把他胳膊上的伤指给我看，这里的伤是在国营农场艰苦工作时留下的，那里的伤是拖拉机的时代留下的，这些危险的拖拉机至今还在这里到处蹦跶。

　　熊是所有动物中最聪明的，他对我说。它们就像人类一样，和人类一样强大。你知道吗？我知道。那你知道为什么它会咬你的脸？他问。不，我不知道。他指着我的眼睛。因为这双眼睛，他对我说。他笑了。瓦西亚总是笑，以70岁的年纪居高临下地笑，哪怕是在很严肃的时候他也总是笑。他皱起眉头继续说。熊不能忍受与人类直视，因为它们从中看到的是自己的灵魂。你明白吗？不太明白，不，我回答道。可是这很简单，娜斯佳。一头熊，倘若遭遇了人类的目光，它会一直试图抹去它所看见的。这就是为什么，如果它看见了你的眼睛，就一定会向你发起攻击。你是不是与它直视了？是的，啊！他叫道，我知道了！我和其他人都说过，但是达利亚总是叫我闭嘴，她不愿意谈论过去的事情。我冲瓦西亚笑了一下。那是因为达利亚是个母亲，母亲不愿意看到她们爱的人承受痛苦。嗯嗯，瓦西亚嘟哝着。我们默默地喝了一口茶。熊和我们之间的差别，就在于它们不能面对面与他人直视。现在你明白了吗？是的我明白了。幸亏它们不照镜子，否则的话它们就都疯了！瓦西亚爆发出清脆的笑声，我也和他一起笑了。

接下来的几天我一直在反复琢磨瓦西亚的话，我又不可避免地想起了让-皮埃尔·韦尔南。[1] 想起他《眼中的死亡》中的一段："在面对面的直面中，人建立了自己相对于神的对称地位……迷恋意味着人无法再移开自己的目光，冲力量之神转过脸，他的眼睛迷失在力量之神的双眼中，力量之神看着人，人也看着力量之神，人被投射到力量之神所统治的世界里。"在韦尔南看来，看见美杜莎，意味着不再做自己，投射到来世，成为另一个。在瓦西亚看来，见到一个看到熊的人或是一头看见人类的熊，就是可逆转性的象征；在这种面对面中，必然发生的激烈转变事实上只是一种尽可能的接近；在这一空间中，熊只是人在另一个世界的影子而已。

在阿拉斯加研究狩猎的时候，我已经想到过韦尔南。在狩猎的时刻，身体坠入一种迷恋，被投射在疯狂或者死亡之中。在《野蛮的灵魂》[2]一书中，我曾经写过，当两个不同的生灵遭遇，死亡是走出这无法生活下去的囹圄的最有效的形式。走出已经开始的，我们无法回头的蜕变循环。只是我

---

[1] 让-皮埃尔·韦尔南（Jean-Pierre Vernant，1914—2007），法国历史学家、人类学家。
[2] Nastassja Martin, *Les âmes sauvages*, La découverte, 2016.——原注

没有死，而熊也没有死。

　　很多年以来，我一直写边界、边缘、极限性、边界地带、两个世界的中间地带，等等，我喜欢写这样一种特殊的地方，在这个地方，有可能遇到另一种力量，我们有可能改变，而且很难再回去。我一直对自己说，不应该掉入迷恋的陷阱。猎者会抹上猎物的味道，穿上猎物的外衣，调整自己的声音，采用猎物的声音，这样就可以走入猎物的世界，这时猎者戴上了面具，不过在面具之下，他还是他自己。这是他的诡计，也是他的危险所在。于是所有的问题就变成了，杀死对方，这样才能**回去**——回到自身，回到他的亲人身边。否则就是失败，被他者吞噬，不再在人类的世界存活。在阿拉斯加我写下了这些事情；我在堪察加半岛经历过这些。这是比较工作的讽刺之处，是隔着白令海峡互相观察的两大阵营的玩笑；一种奇怪的面对面，我在美洲的精神，望着我在俄罗斯的身体。

　　我在这一古老的相遇中走到了尽头，但是我回来了，因为我并没有死。有一种杂糅，然而我始终是我自己。或者只是我自己这么认为而已。是某种和我相像的东西，再加上万物有灵面具的基本特征：我是**灵魂出窍**。人类万物有灵的实质，**就是**面具业已发生变形的面孔。一半是人一半是海豹；一半是人一半是鹰；一半是人一半是狼。一半是女人一半是熊。面孔下面，是野兽的人类本质，是熊在它本不该看见的那个人的眼睛里看到的东西，是我的熊在我的眼睛里看到的东西。是它人性的那一面；在它的面孔之下的一张面孔。

这几天，驯鹿和它们的饲养员在特瓦杨旁边的冻土平原游牧。在可能的情况下，倘若雪下得不是那么大，他们能到我们这里来，当森林留在他们皮肤上的味道让他们梦想着能够洗上一个澡，他们就会来和我们一起过夜。他们当中有两个达利亚的侄子，帕夫利克和尚德尔。我很喜欢他们。第三个是达利亚的表兄，瓦列卡。他就是另外一回事情了。我不是很喜欢他的沉静，也不喜欢我转过身去时他细细打量我，和他面对面时又尽力回避我目光的那种方式。他有些不可捉摸，总是抓不住的样子。开始的时候就是这样：我的出现让他感到极不舒服。好几年前，有一个夏夜，别人把我介绍给他，他对我说：人类学家，间谍，都是一回事。别指望我，我什么都不会说的。这证明东方和西方之间的战争还在继续，我想。或者是对战争的模糊记忆。自此之后，我就尽量回避他。但是冬天，因为寒冷而导致的聚集，再想避开他就不那么容易了。总有一天他可能会想办法伤害我的，我可以肯定，类似的伤害并不少。应该就是今晚会发生点什么。

我们坐在厨房的凳子上。他，我，帕夫利克。桌子中央放着一点烟熏鱼，还有茶。帕夫利克在等着去今天早晨就开始烧的桑拿浴室。尚德尔从浴室里出来，肩膀上搭着一条毛巾，他打开浴室门的时候，蒸汽一直蒸腾到他的发间。帕夫利克站起身，在小棚屋里到处找他的毛巾。我跟着他，跨过门到了另一个房间里，在自己的包里翻了翻。喏，如果你愿意可以用这条，这条是干净的。他笑了一下，谢谢，他拿过毛巾，回到厨房里，冲着桌子弯下身，拿起他的外套。放下，瓦列卡说。帕夫利克愣住了。放下毛巾，他叔叔再次命令道。为什么？帕夫利克问。因为这是娜斯佳的毛巾。她是"米耶德卡"，半熊半人。你知道这意味着什么吗？这意味着我们不能碰她的东西。他垂下眼睛看着鱼，拿起一块，将茶杯送到嘴边，仿佛什么都没有发生一般。帕夫利克、尚德尔和我，我们站着，一动不动，目瞪口呆。

达利亚手里拿着水桶进来了，她在外面已经听见了。她冷冷地打量着瓦列卡。你出去，她对他说。别在我家里搞这个，你自己到蒙古包里去吃饭。瓦列卡抬眼看着她，提高了声音。你知道这是真的。你们也一样，你们应该对此有所怀疑。她只能给这里带来不好的东西。这些"米耶德卡"，当他们从另一边回来的时候，必须避开他们。达利亚打开门，指着出口。滚。娜斯佳是我的家人，今天夜里你自己去发神经好了。瓦列卡的脸涨得通红，他想要说点什么，但是看得出，他说不出来。达利亚是在自己的家里，由她指挥，她是首领。瓦列卡靠着桌子推开板凳，抓起衣帽架上的外套，摔门而去。一阵雪地摩托的轰鸣声响起，然后是突然落在棚屋窗户上的一团雪云。

我想要消失在地下六英尺处。达利亚抓住我的胳膊。我们来到了另一间房里，在驯鹿皮上坐下，远离大家的目光。她再也无法回避了，必须说点什么。尽管她不喜欢，但是她没得选择，因为这次我在等，等她有所承担，等她就这个贴在我身上的名字说点什么，这个名字来自他们的世界，而不是我的世界。

娜斯佳，你在听我说吗？我在听。不要误会了，尤其不要以为这是针对你的。瓦列卡，他和其他很多人一样，他害怕。为什么？我问。因为像你这样身上留有熊的印记的人，是唯一直接接触过熊的人。那说明什么呢？说明是一种来自久远之前的亲近，才能够发生**这样的事**，才能够让**这样的事**成为可能。我听说过，我说。可这又如何呢？这会改变他的生活吗？这正是我要和你解释的，他害怕。在我们这里，我们认为，米耶德卡，半熊半人，要尽量避免和她们接触，尤其不能碰触她们的东西。为什么？她的迟疑让我感到很恼火。求求你告诉我，别瞒着我。因为她们已经不完全是她们自己了，你知道吗？因为她们身上有一部分是熊。达利亚叹了口气。对于某些人来说，影响还会更大。据说她们终身都会被熊"追逐"。在梦里还是真的被追逐？我问道。两者都有，达利亚垂下了眼睛。就像是中了巫术的人，你明白吗？我明白。一滴泪在我的脸颊上落下。达利亚抓起一角被单，为我擦去眼泪。所以你也相信，我是中了巫术了？如果我真的成了"米耶德卡"，而且成为"米耶德卡"意味着这些，为什么你不和他们一样避开我？因为我不相信，达利亚说。

这些仅仅是传说而已。我们这里的人，我们和所有的灵魂一起生活，那些流浪的灵魂，那些在旅途上的灵魂，活的和死去的灵魂，"米耶德卡"和其他。大家一起生活。

一切都是这般停下的，归于失望。简直可以说，不要思想是铁律。搁置思想，让词语中断；沉默，这样才能继续生活下去。

达利亚，为什么你不多说一点呢？更远一点，更加有力一点，更加确切一点？因为当我说话的时候，只要我说出来，就真的会发生。

今天早晨，我又回到陡峭的河岸边坐下，那条在冰面下流淌的河流上方。我想要回家，世界另一边的家。再次见到妈妈。伊万来了，他的特长就在于阻隔忧伤。他总是说：在这里我们生活，没有时间顾影自怜。你还在想昨天瓦列卡说的话吗？是的，会有一点点想。随它去。最重要的，是你要知道。人就是这样，想别人在想什么。这一点用也没有。他笑了。他对我也是一样的，他不喜欢我。他不喜欢任何人。

你知道吗？是的，我知道。但是这也不能改变什么，我说。很快，我就要走了。

伊万叹了口气。他的脸上再也看不到一丝笑容。你要像上一次那样走掉？你应该听听妈妈怎么说。你最好和我们在一起。在这里你是安全的。嗯，我回答道。外面有熊，是吗？别说了，他打断我。你还记得在彼得罗巴甫洛夫斯克医院里那会儿吗？我问你今年夏天为什么要走。你没有回答我。你说：你不会明白的。或者就是差不多这个意思吧。你想知道我是怎么想的吗？如果你愿意说的话，我叹气道。要我说，你自己也不知道，究竟是什么让你走得更远。也许吧，我表示同意。又或许这属于难以言说的范畴。无法解释。你看，就像是另一种语言，某种显而易见的，但是又无法解释的。某种超出一定范围的东西，超出你能控制的范围。伊万摇摇头，他摇头，就好像要摆脱已经在身体里出现的忧伤，他不喜欢这种感觉。他再次笑了笑。你很有意思。你也是的。就像梦这种东西？是的，就像梦一样的某个东西。

有一条河，背倚悬崖。一条瀑布，在很高的地方。我弯

　　　　　　　　　　　　　　　　　　　　　　春

下身看。下面的水里矗立着危险的岩石，就好像是张开的下颚，露出了尖尖的牙齿，在等待着它的猎物。我不禁发抖。我，想要看得更加清楚，不再颤抖，但是我太害怕了，简直站不起来。伊万和沃洛迪亚走近我。跟着我们，他们说。他们一个纵身，跳入水中。我闭上眼睛，模仿他们的动作，我们跳入岩石旁的漩涡之中。我在水中重新睁开眼睛。一切都是如此澄澈，我看见了鲑鱼，它们仿佛是在空气中游弋，接着我看见了游在我前面的猎者。只是这猎者不再是人，而是一只色彩斑斓的鸟儿，它打着圈儿，但是它和围绕在它身边的鱼儿一样动作优雅。我看着在自己身体前方摆动的双手。突然间，我的手臂不见了，只有黄色和红色的羽毛在拍击水面。

　　我想起了在这里做的第一个梦，我再也没有什么可以答复伊万的了，因为我没什么可说。这不是一种诡计，无论如何我不可能和他一起赢得那场比赛。我会试试看。至少试着在脑袋里理顺一下。这个正在露头的东西，这种以开放性问题的形式给出的回答，这种在烦恼和反复出现的梦境另一边的东西，正是反复出现的梦境让我逃离了这片森林，逃离了森林里的居民和他们想要给我的位置。这是一个我一直不愿意接受的位置，一个位于太早离开的巫和太迟到来的"米耶德卡"之间的位置。

够了，够了，我对自己说。我要走，我应该逃到这个符号系统之外，逃到这个威胁我精神健康的共鸣之外。稍晚一些，我可以再打磨这些无法管理的经历的碎片，我会最终把它们变成足够本质化的、抽象化的材料，这样就能够操纵它们，在它们之间建立起联系。稍晚一些，我可以再做人类学家的工作。眼下，我必须切断，完全切断：我要到山里去，我需要空气，不要有阻隔视线的障碍，我需要寒冷，冰，寂静，空茫和偶然，尤其是，不要再有什么命运，更应该少些征兆。

然而，正是在冰川中央，在火山之间，在远离人、树、三文鱼和河流的地方，我找到了它，或者是它找到了我。我走在这干旱的高原上，无所事事，我走出冰川，我从火山上下来，在我的身后，烟雾形成了一团光晕似的云团。我想象我独自一人，因为众所周知的历史性的和社会性的个人原因，但是我并非独自一人。一头和我一样迷茫的熊也在这高原上信步，它也无所事事，它几乎就是一个登山者，真的，它究竟在那里做什么呢？在这片光秃秃的，没有浆果也没有鱼的土地上，明明它可以在森林里安安静静地钓鱼的。我们凑巧碰到了彼此，如果关键时刻应该有实质定义，那就是这个。土地的凹凸为我们遮住了彼此，雾升腾起来，风的方向也不好。我们彼此距离两米，没有可以摆脱困境的办法，对它对我来说都是如此。达利亚曾经和我说过，如果你遇到一头熊，你就对它说："我不会碰你的，你也不要碰我。"是的，当然，但在当时的处境下不行。它冲我露出牙齿，也许它感到害怕，我也害怕，但是因为跑不了，我只能模仿它，我也露出了牙齿。接下来发展迅速。我们进入冲撞，它掀倒了我，我的手插入它的皮毛，它咬了我的脸，然后是脑袋，我感觉到自己的骨头在嘎吱作响，我告诉自己，我要死了，但是我没有死，我仍然很清醒。它松开嘴，抓住我的腿。我利用这个机会抽出背带上的冰镐，从身后的冰川上下来，冰镐就一直插在背带上没动过，我用冰镐敲击它，也不知敲在哪里，因为我闭着眼睛，只是靠感觉行事。它松开了。我睁开眼睛，我看到它逃向远方，跛着腿，看到我的临时武器上都是血。而我呆在那里，浑身是血，像在梦里一样，只是在想，我是不是能活得下来，但是我活着，我比任何时候都要清醒，我的脑子在飞速旋转，一小时一千转。我对自己说：如果我过了这道坎，将会是另一种生命的开启。

在 2015 年 8 月 25 日这一天，发生的事件不是：在堪察加半岛的山里，一头熊袭击了一个法国人类学家。发生的事件是：一头熊和一个女人相遇了，两个世界的边界从内部坍塌了。不仅仅是人类和野兽之间的身体界限被打破了——两具身体在遭遇的时候，在彼此的身体和脑袋上都开了洞——神话的时间也与现实的时间接壤了，过去与现时连了起来，梦与具体的事物连了起来。这个场景是在今天出现的，但是它完全可能在一千年前突然出现。是我和这头熊，在这个对我们微乎其微的个人足迹毫不在意的当代世界；但这也是具有原型意义的面对面，是拉斯科洞窟里性器勃起，摇摇欲坠的男人与一头受伤野牛的面对面。就像洞窟里的场面一样，就这一难以置信的，但还是突然出现了的事件而言，这场战斗的最终结果是不确定的。但是与洞窟里的场面不一样的是，接下来的事并不神秘，因为我们当中的任何一个都没有死，因为我们从业已发生的"不可能"中回来了。

我并不想将某种思想用话语记录下来；我宁愿把它写下来：今天，坐在河边，坐在湿润的雪地上，我写道，有一种不言而喻的、无声的法则。在树林深处或是在大地的山脊上互相找寻、互相回避的食肉性动物特有的法则。法则在于：当他们相逢了，如果他们相逢了，他们的领土分界从内部破裂了，他们的世界翻转了，他们惯常的道路被改变了，他们的联系变得牢不可破。运动暂停，有一种节制一种停滞一种惊惶，两只困在古老的相遇中的野兽惊慌失措——这相遇未曾料到，无法回避，无法逃离。

在走出期待了那么久的高原冰山的无人之地——所谓无人之地，并没有我想象的那么荒芜——时，我已经不那么确定了。我感受不到存在和事物的稳定性，把握不到它们体系性的、可以辨识的、机构性的组织方式，它们在时间上的永恒性也离我远去。我的"材料"，我精心收集的材料，我开始放在一起，想要创建一个世界的材料——这是我打算和同代人共同分享的一个世界——现在都在我的脚下，还有那些破碎的关联，这一切都需要在此后重新整理，用另一种方式。为什么？*Potomou chto nado jit dalché*，因为需要能够在更远的地方生活，就像所有居住在这里的人，住在森林里河流上方火山脚下的人说的那样。必须在面对之后，与之一起生活：只是在更远的地方生活。

走出模糊一片的深渊意味着什么？选择用在似梦似真的黑夜里找到的新材料重建另外的边界意味着什么？坠入自身之外的他者的大嘴深处意味着什么？

我想起了在阿拉斯加听到的那个哥威迅创世神话里的小小麝鼠和人。我想到了他们漂浮其上的大洋，不确定的，开放的，没有边界的，液体的大洋。我想起了跳进海水深处的麝鼠，海底很黑，它什么也看不见，它感到害怕，但它跳进海里是为了将泥炭收入爪中，这双爪子将和人类一起创造一方坚实的、供他们行走的土地，然后麝鼠和人会划定各自的空间。我还想到那个瞎了眼的、笨拙的人，他接受了潜鸟的帮助，潜鸟爬到他的背上，三次和他一起跳入湖水的最幽深之处，每次跳进去再上岸，他就产生了新的变化，具备了新的视野。我想到所有这些故事，这些神话，我和其他的人类学家一样，我们精心收集了，把这些故事写进我们所研究的民族的专著里。我想起了所有这些从一个世界到另一个世界，激发起我们科研兴趣的旅行，我想起了所有这些有点特别的人，这些我们追逐的巫，就像猎者围捕他们喜欢的动物一般。我想起所有这些深入黑暗之地的人，都是些不为人所知的，不一样的地方，等他们回来的时候，已经完全变了模样，他们能够以不同寻常的方式去面对"降临到自己头上的事情"，他们现在和赋予他们的一切在一起，海底的，地下的，天上的，湖里的，肚子里的，牙齿间的一切。

　　日子在寒冷中变得漫长，夜晚变得没有尽头。空气都结了霜，冻住了。是时候该走了，但是大家都绝口不提立刻就要走的事情。在森林里就是这样的，从来不是渐渐准备好要走，从来都不准备，大家仍然是没有任何变化，该做什么就做什么，直到变化一下子来临。就是这样，保持警惕。身体保持不变，直到需要跳跃，总是在最意想不到的时候。永远不要谈论分离的时刻；不要谈论那个什么都不复从前的时刻。我们就这样，清醒地生活在永恒的幻觉之中，因为大家确切地知道，就在一瞬间，我们了然于胸的东西会土崩瓦解，在这里或在别的什么地方重组，变了形状，变成了我们再也无法承担的某种不稳定的东西。这种潜在的可能性让所有人感到害怕。因为森林里所有人都知道，因为我们知道在道路的拐角处会发生，于是我们都一致闭口不言。

　　我在门廊下写东西，对着一扇敞开的门，门朝向一个小雪堆，后面是一棵树，板凳上放着一杯滚烫的茶。温度在爬升，已经感觉到春天即将来临。沃洛迪亚经过时，手里拿着一本书。他停下脚步，在我身旁坐下，越过我肩膀往下看。你是在写熊，还是在写你，还是在写我们？三个都写，我的队长。沃洛迪亚笑了，看着堆积起来的、涂得满满的纸页。你应该把这些东西称作《战争与和平》！我和他一起笑。你在读什么？我指了指他手上的书问。他闭上眼睛，把书放在他的膝头，然后深吸了一口气。每一个身处黑夜里的人都会走向光明。他重新睁开眼睛。这话很美，不是吗？很美。我在读维克多·雨果，我亲爱的。

这天早上，河流上的冰面融化了。就这样，突然的。一切都在运动之中，并不会预先通知。我们必须走了，必须抓紧时间，否则"暴风雪"在湿润的雪地上就走不起来了。但是没有，我们竟然选择了去钓鱼。也许大家以为我喜欢钓鱼，因为我和猎者-渔夫已经在一起工作了十年多的时间。但正相反。尤其是在冬天。在寒冷中等上好几个小时。哪怕什么也没有，也要让自己相信鱼会咬钩的。坚持，哪怕仍然什么都没有发生。为什么从来没有人谈论过这个？我恼火地想，看着我的鱼线无精打采地漂浮在冰面上。为什么没有人谈谈这冻得发僵的等待？为什么没有人谈谈这种我们通常会冠以"失败"之名的一事无成？冻成冰棍回到家中，钻入齐腰深的春雪里，喝茶，喝茶。我一个人笑了，觉得这事荒唐得有趣，然而，这还真是森林生活的核心所在。

这里一直是这样，一切都不是按照我们的意愿发生的，总有一种抵抗在。我想到了这些时刻，枪没有打出去，鱼儿没有咬钩，驯鹿不再往前走，雪地摩托喘着粗气。对于所有人都是一样的。我们想要有格调，但是我们跟跄，我们沉溺，我们蹒跚，我们倒下，然后我们重新站起身。伊万说只有人类相信自己做的一切都好。只有人类如此在意别人是怎么看待他们的。在森林里生活，有点像是这样：那就是和别人一起活着，和他们一起摇摆。

　　春天的日子。宰杀驯鹿的日子。杀戮的日子。大家都在串门，都很急迫，养殖者于是趁这个机会到村里去卖肉。伊万昨天就去了蒙古包，给他们帮忙。我去找他，想要看看这场面，也许是出于职业意识，但更是因为缺乏判断。我以为自己会看到一个露天肉店。我没有想到对我产生影响的不是一只，两只，而是五十只被宰杀的驯鹿，在雪地上一路拖拽，在临时工作台上被砍了头，切割成块。伊万宰杀，切割，清空内脏，分割，堆放，搬运。血淋淋的手，血淋淋的雪，一簇簇鹿毛散落在地上，在冰冷的风中飞向远方。我简直想吐。伊万可能自己也不知道为什么要选择参加这样一场集体大屠杀，他其实不是非参加不可。他不是养殖户。他只是说，他是去帮忙的。但是帮什么忙？人已经够多了。

伊万的眼睛随着血液的流动而变得晦暗不明，我想他可能迷失了，不知道自己家究竟为什么会放弃国家的养殖业，重新成为猎户。他似乎疯了，此时他除了是死亡的力量，其他什么都不是。伊万回到队伍里，抓住一只套着套索的牲畜，跳到它身上，将刀子刺入它的小脑。我看见他将牲畜拖到雪里的时候已经精疲力竭了，我看见他在砍下牲畜脑袋，挖出内脏，将牲畜用挂钩勾在树上的时候，汗水顺着他的额头流淌下来。他有没有意识到自己究竟在做什么？我相信在那个时刻，他忘记了一切。忘记了自己是谁，忘记了家庭的选择，忘记了为什么他们家不再干这一行。但也许我错了，也许他清楚地知道，自己在这份残酷里究竟找寻的是什么，正是这份残酷预示了我的离开。我说，在我们之间，有一种愤怒在翻腾。一半是身体的，一半是精神的，随时准备着要撕破我们的生活之间脆弱的一致性。

而我呢？我知道自己究竟和熊一起在找寻什么吗？我知

道自己在等谁？我梦里看见的究竟是谁？我知道自己为什么会到处跟踪它的踪迹？为什么我暗地里希望有一天能与它对视？当然，不应该是这样的对视。那么快，那么暴力。离开，我对自己说。空气，冰雪，岩石，远方，再加上鲜血。它让我在自己的期待中措手不及。它的吻？亲密程度超出想象。我的视线模糊了，一切都变得模模糊糊，落在地上的驯鹿脑袋，还有被砍了脑袋的身体，鲜血流尽，在四周忙忙碌碌的人。伊万，停下，我再也受不了了。有没有可能，即使没有这在内心深处涌动的，时不时要将一切归于虚无的愤怒，我们也一样能够活下去？从另一个世界回来，就像珀耳塞福涅一样。六个月在尘世之上，六个月在尘世之下，非常实用。但是在神话的时间之外，循环已经被打破了，因为就是这样的，因为这就是时代，因为这就是我们所有人面对的现实。两张戴着万物有灵面具的面孔应该停止相互屠杀，他们应该创建生命，应该建立除了自身之外的什么东西。也许应该，不，必须走出这可逆的、致命的二元。

伊万抬起眼睛看着我，他看到了我的泪水，他听到了我默默的祈求。留下鲜血，松开死亡，来，我们一起走。他从口袋里拿出一块布，擦了擦刀子。他将刀子放进腰带上的刀鞘里。我得走了，小伙子们，明天见。我们在树间行走，往蒙古包的方向，把满是鲜血的冻原留在身后。谢谢，他说。没关系，我回答道。

我举步维艰。走出这里，我只想到这个。我想要知道伊万在想什么。但是我没有问他。有时就只是寂静。我一直不是真正地清楚我们要走向何方，我是谁。或许他也一样。伊万从他的杀戮世界里回来，杀戮，是为了成为遥远的现代性的一部分。而我，从熊嘴里归来。剩下来的呢？这是一个谜。

达利亚在这里留了下来，她几乎不怎么离开森林。一切准备就绪，包已经放在雪橇上，还有肉，狗在叫，狼在远处和它们唱和。我们走在营地上方的小山上，我们紧紧抓住树枝和树根，在陡坡上前进。在高处，能看见特瓦杨上方有个突出的树桩。你能为我卷根烟吗？好。我们静静地抽着烟，我们看着在下面忙忙碌碌的其他人，他们看不见我们，但是我们能看见他们，我喜欢这样，达利亚说。

你这就走了吗？我走了。还能做点什么把你留下来吗？不。你以后准备做什么？写作。写什么？写你们，写我们，写发生的事情。发生了什么？难以想象的事情。达利亚笑了。写你，还有你说的话。再多说一点。我笑了。你明白吗？我对她说。这真是让人难受，你把我留在了模糊不清中。她咯咯笑着，我知道我知道，但这是老年人的特权。只要不想多说就可以沉默，不用计划，因为事情从来不像我们预料的那样发展。你是另一个故事。我了解你，你肯定还会做点什么的，所以和我讲讲。

我对她说：达利亚，我会做我能做的事情，我还是要继续人类学研究。那人类学是怎么做的？她促狭地盯着我。我呼了口气，你这些难以回答的问题真是让我感到尴尬。我抬眼看向天空，扔掉了我的香烟，又呼了口气。我也不知道是怎么做的，达利亚。我只知道自己是怎么做的。你在听吗？我听着呢。我走近，我抓住，我翻译。那些来自他人的东西，经过我的身体，去向我不知道的什么地方。

你难过吗？我问她。不，她说，你知道为什么。在这里生活就是等待回归。等待花开，等待迁徙的鸟儿，等待重要的生命。你也是这些重要的生命中的一个。我会等你的。

　　我什么也没说，我很感动。这就是我得到的解放。是一份不确定：是生命的承诺。

夏

Été

在我面前，是一摞五年以来我在堪察加做田野调查时候
的记事簿。绿色的，蓝色的，米色的，棕色的，黑色的，都
堆在下面。我转过头，向窗外看去，梅耶峰被笼罩在天光将
尽时分的柔和光辉中。我下定决心，抬起那摞簿子；我从最
后的黑夜之簿开始，翻到了最后几页。

2014 年 8 月 30 日

"如何能够隐瞒必须与你结为一体的东西？（现
代性的歧途）"

勒内·夏尔，《许普诺斯笔记》① 第 77 首

生命的迟到意味着什么？

知晓感受欲求总是太迟

在世界的上游欲求

那些不在场的人那些抵抗的人那些坚持的人

---

① 勒内·夏尔（René Char, 1907—1988）的诗集，于 1946 年出版，该诗集里的诗主要
是其参与反法西斯战争时所写。

那些受到他们保护的森林山峦

被他们的自由束缚被他们的不屈束缚

被不可能的事情束缚

被不应该发生的事情束缚

相遇将

集体性的机构和它的稳定置于危险之中

这些以可能的方式呈现的关系

随时爆炸随时碎裂

目瞪口呆一动不动的野兽

足迹无法计算的野兽

攻击虚空的野兽

因为它们的未来与黄昏混在一起

因为也许这是所有的一切

奉献顺从不再欲求的野兽

举起武器的野兽

我合上簿子，陷入沉思。我小心翼翼地将簿子放在书架上，唇边涌起一个浅浅的微笑。我以为在熊的事件之后，这本黑夜之簿已经在其他彩色的簿子中消失不见；我以为从此再也没有了黑夜之簿；我觉得那也不要紧。只有一个故事，是同一个故事，复调的故事，是我们一起编织的故事，他们和我，说的是穿过我们的身体，构成我们的一切。

我回到书桌边坐下。我将田野记事簿放在身边，伸手可及处。是时候了。我开始写作。

译后记
"和别人一起活着，和他们一起摇摆"

2015 年 8 月 25 日，一个法国的人类学家，在堪察加半岛做田野的时候，遭遇了一头熊。她虽然独自一人，却在熊口下劫后余生。于是有了这一部《从熊口归来》。这本书记叙了她在"熊"的事件发生之后，在一个秋冬春夏的轮回里所经历的一切：在俄罗斯的抢救，在法国的手术修复，然后，是再出发回到事件发生的堪察加半岛，最后，再回到属于自己的另一个世界。

在这个世界上，能够经历"熊吻"事件而存活下来的，娜斯塔西娅·马丁原本就是"很少"的那一个。在法国的萨尔佩蒂耶诊所，给她做手术的医生——也是位女医生——问她："这样的事情还有其他幸存者吗？或者您是唯一的幸存者？"娜斯塔西娅回答她说："有，不过很少。"而将这个悲剧性事件置于"一头熊袭击了一个法国人类学家"的套路之外来写，娜斯塔西娅成了绝无仅有的一个。她这样写道：

在 2015 年 8 月 25 日这一天［……］，发生的事件是：一头熊和一个女人相遇了，两个世界的边界从内部坍塌了。不仅仅是人类和野兽之间的身体界限被打破了——两具身体在遭遇的时候，在彼此的身体和脑袋上都开了洞——神话的时间也与现实的时间接壤了，过去与现时连了起来，梦与具体的事物连了起来。

在娜斯塔西娅看来，要写一本《从熊口归来》，最终的价值应该是在这里吧：既然无论是在空间还是时间的层面上，不同世界之间的边界已然被打破了，世界在她这里又回到了远古的混沌状态，或许，是时候让人类跳出自我中心，重新审视自己和他者。

一

与一头熊遭遇，究竟意味着什么？

毫无疑问，熊属于野兽的范畴，我们很容易把熊和暴力、野蛮等形容词联系起来。人类遭到了熊的袭击，原因其实是不需要追究的，因为熊——至少我们这么认为——没有思想，只是单纯的、非理性暴力的涌动。

但是娜斯塔西娅想要问一个为什么。因为在"熊吻"事件之前，她已经和熊正面遭遇过，在现实中，或是在梦中。她和堪察加半岛的埃文人在一起生活了很长时间，梦对她而言已经不完全是心理学意义的象征性再现，而是另一个空间，因而娜斯塔西娅觉得，冥冥之中，熊和她之间的关系还没有结束，"熊吻"事件只是其中的一个环节，最为深入的一个环节。经过这个环节之后，有什么东西得到了本质性的改变，娜斯塔西娅从埃文名字意义上的"玛杜卡"变成了真正的"米耶德卡"，半熊半人。熊带走了她的一部分，却把印记留在她的身上。

半熊半人并非浪漫意义上的，像爱动物的人士经常会谈到的，对动物应有之爱：爱"猫"，爱"狗"，爱"流浪动物"，爱"一切生灵"。娜斯塔西娅在这一点上是非常犀利的。她与熊的单独遭遇，原本就是因为她与这一类"爱风景""爱自然"的同行登山者"道不同，不相为谋"。她相信自己是全新意义上的万物有灵论者，她在"熊吻"事件之后的所思所想接近惠子所说的"子非鱼，安知鱼之乐"——如果可能，她更想知道，熊在扑向她，最后又松开她的那两个瞬间究竟是怎么想的。

熊也许是因为认出了她——为什么不能有前世今生的想象呢？——而她没有认出它（他）来。在彼得罗巴甫洛夫斯克破败的抢救站里，娜斯塔西娅在主治医生给她推来的小电视机里看到了一部影片，女主人公娜丝金卡（这恰好是娜斯塔西娅的俄罗斯名字）在森林里找寻丢失的爱人，她的爱人已经变成了熊，爱人认出了她，她却已经认不出爱人。但是，娜斯塔西娅在还是娜斯塔西娅的时候，她不可能是电影里的娜丝金卡。

熊也许像老瓦西亚说的那样，是因为看见了娜斯塔西娅的眼睛。老瓦西亚在"熊吻"事件后告诉娜斯塔西娅，一头熊倘若遭遇了人类的目光，就会致力于抹去它所看见的，因为它不想在人类那里留下任何形式的记录。

也许有最简单的解释：这一次相遇就是两种力量的面对面。熊和人本来各有各的领地，从来没有在对等的位置上签署任何意义上的合约，但是相安无事的相处方式可能让人类误以为自己是这个世界上唯一的力量。这才是灾难的开始。娜斯塔西娅在回到人类学家的身份时，她并没有把这次相遇看作个人的灾难，而是发出了灵魂拷问："这个世界究竟发生了些什么，以至于别的存在都只缩减为我们自己灵魂的状态？对于它们自己的生活，对于它们在这个世界的足迹，它们的选择，我们究竟是怎么对待的？"我们或许应该相信，漫长历史在我们人类自以为掌控的世界的角角落落都留下了印记，这些印记随时会以意想不到的方式显现，并传递出打破边界、重组世界的愿望。

熊，只是相对于人的力量的众多力量中的一种。包括熊在内的动物是最接近人类自我中心想象的，并且在进化论的视域中被纳入人类建立的秩序世界里。

病毒也许也是其中的一种力量，虽然直到《从熊口归来》完成的时候，人类并不认为病毒与人类也会有面对面的一天。

二

是在"熊吻"事件之后，娜斯塔西娅更加充分地理解到，即便人类只是单一物种，却远远没有达成一致。

躺在彼得罗巴甫洛夫斯克的抢救站里，主治医生是"一个人高马大的男人"，"靴子踩在方砖上发出响声，金链子，金牙，金表”，每天夜里都和不同的女护士共度良宵。手术室放着劣质的交响乐，听上去仿佛是在指导病人呼吸。娜斯塔西娅开始时被绑在床上，手机被没收，亲人朋友也不能前来探望。娜斯塔西娅没有选择，她的确不能理解这里的医院文化，事情却也没有因此向更糟糕的方向发展：因为经过抢救，她活了下来。

然后她回到了法国，在萨尔佩蒂耶诊所进行修复手术。选择的权利摆到了面前，和所有的病人一样，娜斯塔西娅和母亲“反复考虑了各种理由，权衡利弊”做出的选择给娜斯塔西娅带来的折磨也并不少。她观察到，她的下颌修复成为医疗冷战的战场：萨尔佩蒂耶诊所做的最主要的事情就是用一块法国的金属板取代粗糙的俄罗斯金属板。但是，疼痛，感染，心理医生……这一切似乎是所有刚刚离开生死边界的病人都避免不了的噩梦。而最关键的问题在于，人的选择从来都不可以重来，如果没有选择萨尔佩蒂耶诊所呢？未必更糟，却也未必更好，因为人总是坠落在自己布下的陷阱里，没有例外。

回到了母亲的城市，因为下颌手术的疮口一直有液体渗出，格勒诺布尔的医院提出了他们的方案，娜斯塔西娅看到自己的下颌不仅仅是法俄冷战的舞台，也是巴黎医院和外省医院"内卷"的场域。这一次她拒绝了格勒诺布尔医院的建议，还是回到萨尔佩蒂耶诊所再次手术。她没有让自己再重新承受一次风险。无论医学发展到什么地步，人面对自己身体的每一次选择依然是赌博。

娜斯塔西娅是一个人类学家，即使没有遭遇"熊吻"事件，她的生活是通过打开一扇扇向外的窗口继续的。她在阿拉斯加做过田野，到了海峡的另一边，堪察加，她与哥威迅族、埃文人、伊捷尔缅人等原住民都一起生活过。每一个原住民的族群都有他们自身的生活方式、文化传统、神话传说，但是，每一个原住民的族群远非另外的、纯粹的世界，在地理政治的层面，他们都以另外的方式记录了已经一体化的世界历史。娜斯塔西娅早已屏却了所谓的"异国情调"，她并没有把这些原住民的生活当作"风景"来看待。她作为人类学家的努力，就是进入这些不同的世界，在明知不可能成为其中真正一分子的前提下，感知这些世界在自己身上留下的印记。在这本书的最后，娜斯塔西娅再次离开堪察加，达利亚问她，人类学怎么做？她回答说："我走近，我抓住，我翻译。那些来自他人的东西，经过我的身体，去向我不知道的什么地方。"

如果说，这个世界的一体化进程是人类的灾难，"走近""抓住"和"翻译"，让自己的身体成为不同世界非整体意义交融的"飞（非）地"，是人类或然的救赎之一。"熊吻"事件之后，娜斯塔西娅更加确认了人类学家的职责，那就是提出"多重存在居于同一具身体里"的可能，"颠覆……一元的、统一的和单维度的身份的观念"。

难道我们不曾与"熊吻"事件之前的娜斯塔西娅有过一样的感觉吗？觉得"日常拥有的形式开始分裂"，觉得自己陷入无法改变的困境，所有新奇的形式都失去了意义，"没有什么是值得的"。我们只是在用日常的惯性抵抗思考有可能给我们带来的终极危机——对于娜斯塔西娅来说，就是"用体力上的探险来平衡"，就像她义无反顾地走向火山那样——但是我们仍然无法抵抗消沉。

三

如果没有"熊吻"事件，也许娜斯塔西娅还没有那么迫切地要考虑重建的事情。像孩子那样，"重建"子宫壁的保护，只有营养能够源源不断地抵达界限之内，而所有的伤害都被挡在界限之外。

但是人生的进程从来都不遂我们所愿。事件之后，娜斯塔西娅成为埃文人所说的"米耶德卡"，"半熊半人"。在事件发生之前，她还可以区分自己熟悉的世界和森林的世界，还可以通过时间的调节来适应这两个不同的世界，可在事件发生之后，这两个世界却都不再是熟悉的世界。她再也不可能在这两个世界中的任何一个，通过坚强的内心，那种"子宫壁"般的无形界限来保护自己。

除了"重建"，她别无选择。妈妈的爱，亲朋好友的关怀，不同世界的温暖怀抱始终都在，但是，对自己的确认坍塌了。《从熊口归来》的一开始，娜斯塔西娅就清晰地描绘了所谓"边界消失"的状态：

就像是在远古神话时代，混沌未开，而我就是一个模糊的形状，撕裂的伤口下，脸的轮廓消失了，到处都是黏液和血：这是一次新生，因为显然这并不是死亡。

世界回到了混沌的原点。娜斯塔西娅也许只是以个人的方式预演了人类的这种可能。这时候，她可能提出的问题是：如果一切回到了混沌的原点，我们应该怎么办？有没有一种可能，原先想要定义人类，划定人类边界的所谓文明，事实上并未触及人类的生命本质？

娜斯塔西娅说，"我们想要有格调，但是我们踉跄，我们沉溺，我们蹒跚"，唯一的办法却是："我们倒下，然后我们重新站起身。"

当一切回到混沌的原点，也许森林的生存法则也会成为普遍意义的，真正回到统一状态的人类的生存法则，那就是：和别人（别的存在）一起活着，和他们一起摇摆。因为，如果那一天来临，"活着"就是最本质的，而所谓的"格调"，说到底，就只是一个虚妄之词。

袁筱一

2023 年 9 月 7 日

守望思想　　逐光启航

从熊口归来

[法] 娜斯塔西娅·马丁 著

袁筱一 译

丛书主编　谢　晶　张　寅　尹　洁
责任编辑　张婧易
营销编辑　池　淼　赵宇迪
装帧设计　崔晓晋

出版：上海光启书局有限公司
地址：上海市闵行区号景路 159 弄 C 座 2 楼 201 室　201101
发行：上海人民出版社发行中心
印刷：上海盛通时代印刷有限公司
制版：南京展望文化发展有限公司

开本：850mm×1168mm　　1/32
印张：5.75　　字数：90,000　　插页：2
2024 年 4 月第 1 版　　2024 年 4 月第 1 次印刷
定价：65.00 元
ISBN: 978-7-5452-2003-2 / I·15

图书在版编目 (CIP) 数据

从熊口归来 / (法) 娜斯塔西娅·马丁 著；袁筱一
译 . —上海：光启书局，2024
书名原文：Croire aux fauves
ISBN 978-7-5452-2003-2

Ⅰ. ①从…　Ⅱ. ①娜…　②袁…　Ⅲ. ①散文集−法国
−现代　Ⅳ. ① I565.65

中国国家版本馆 CIP 数据核字（2024）第 066987 号

本书如有印装错误，请致电本社更换 021-53202430